U0137746

詩經

全本全注全译
全彩图本

頌

吴广平　彭安湘　何桂芬　注译　赏析

细井徇　橘国雄　马和之　绘

岳麓書社
·长沙·

目 录

周 颂

周颂

清 庙

於穆清庙，[1]　　　　　啊，那庄严肃穆的宗庙，

肃雍显相。[2]　　　　　助祭公卿多么严敬安详。

济济多士，[3]　　　　　济济一堂的众多贤士，

秉文之德。[4]　　　　　都秉承着文王的美德。

对越在天，[5]　　　　　为称颂文王在天之灵，

骏奔走在庙。[6]　　　　积极地奔走于庙堂。

不显不承，[7]　　　　　光荣地继承着文王的盛德，

无射于人斯。[8]　　　　人们永远不会将他遗忘。

1 於：感叹词。穆：庄严肃穆的样子。
2 肃雍：态度严敬和顺。显：显赫。相：助祭的公侯。
3 济济：众多。多士：参加祭典的人。
4 秉：持。文之德：周文王的美德。
5 对越：报答。
6 骏：快速。
7 不：语气助词。显：光荣。
8 无射：没有厌弃。

这是周统治者歌颂文王的诗。

周文王姬昌，商纣时为西伯，是一位很有作为的君主，他在位五十年间，勤于政务，重视农耕，同时，他也是一位胸怀宽广、道德高尚的君王，他礼贤下士，广纳贤才，德被西岐。西岐在周文王的治理下，国力日渐强盛，他在位期间，虽然没有完成统一中原的大业，但却为他的儿子周武王伐纣灭商奠定了坚实的基础。

"对越在天，骏奔走在庙"，祭祀者敏捷而有序地穿梭于庙堂，从他们忙碌的身影可以看出对这次祭典的重视。"济济多士，秉文之德"，参加祭祀典礼的都是能人贤士，他们面容恭敬安详，举止端庄典雅，可见周文王在人们心中的地位是神圣而崇高的。

怀着对文王的感恩与崇敬之情，人们由衷地赞美他、歌颂他，并将永远铭记他的盛德。

维天之命

维天之命，[1]　　　　　想那天道运行有常，

^{wū}
於穆不已。[2]　　　　　庄严肃穆永不停息。

於乎不显，[3]　　　　　多么显赫多么光明，

文王之德之纯！[4]　　　文王德行纯美无比！

假以溢我，[5]　　　　　美好仁政能安我心，

我其收之。　　　　　　接受恩惠用心牢记。

骏惠我文王，[6]　　　　遵循文王治国大计，

曾孙笃之。[7]　　　　　子孙后代力行不已。

1 维：句首语气助词。
2 於：感叹词。穆：庄严。
3 不：语气助词。显：伟大。
4 纯：美。
5 假：嘉，美好。
6 骏惠：同义合成词，遵循的意思。
7 曾孙：后代子孙。笃：厚行。

这是周王祭祀文王的颂词。

诗开头两句说文王创周大业乃天命所归，接下来两句便指出文王德配天地故而蒙天盛恩，这种逻辑在当时那个崇尚美德的时代，是十分合理甚至理所应当的，人们对此深信不疑。

诗的后四句主要是赞美文王纯正美好的德行以及文王的美德给后代带来的福祉。细细体味，这番热情的赞美中有一种振奋人心的力量，蕴藏着一份真诚而郑重的内心宣示，暗示周王将谨遵文王遗教，将文王德业发扬光大。同时，也可以捕捉到周王勤政治国、稳固基业的决心，以及希望周朝能在文王与上天的庇佑下长治久安、繁荣昌盛的祈愿。

本诗语言古朴，感情真挚，意蕴深远。

维 清

维清缉熙，[1]　　　　想我周朝清明辉煌，

文王之典。[2]　　　　因为文王用兵良方。

肇禋，[3]　　　　　　自他开始出师祭天，
（yīn）

迄用有成，[4]　　　　功成全靠师法文王，

维周之祯。[5]　　　　此乃周朝莫大福祥。

1 维：句首语气助词。清：清明。缉熙：光明。
2 典：法。这里指行军用兵的方法。
3 肇：开始。禋：祭天。
4 迄：至。成：成功。
5 祯：吉祥。

这是一首祭祀文王的诗。

据《尚书大传》记载，文王在位七年，先后攻破商纣属国邗、密须、畎夷、耆、崇等，削弱了商王朝的势力，为武王伐纣铺平了道路。成王继位之初，周公摄政，专门制礼作乐来纪念文王在位时的功绩。诗首句言如今天下太平，政治清明，都是因为文王善于用兵，表明文王制定的规章制度乃后代学习的典范，武王伐纣灭商，一统天下，也是因为遵循文王遗教。

"文王之典"为周王朝带来吉祥，乃周王朝立国之本，后代自然对其无限推崇，周王治国当承文王之道。

烈 文

烈文辟公，¹

锡兹祉福。²

惠我无疆，

子孙保之。

无封靡于尔邦，³

维王其崇之。⁴

功德兼备助祭诸侯，

赐给你们无边殊荣。

只要永远顺从周朝，

子孙万代享福无穷。

治理国家没有大罪，

我王便会对你尊崇。

1 烈文：指功德。辟公：助祭诸侯。
2 锡：赐予。
3 封靡：大罪。
4 崇：尊重。

念兹戎功，[5]　　　　　感念先辈赫赫战功，

继序其皇之。[6]　　　继承大业光耀祖宗。

无竞维人，[7]　　　　最强莫过广纳贤士，

四方其训之。[8]　　　四方才会竞相顺从。

不显维德，[9]　　　　先王德行光耀天地，

百辟其刑之。[10]　　诸侯应当效法尊崇。

於乎！前王不忘。[11]　　呜呼！先王典范铭记于胸。

5 戎功：大功。
6 继序：继承之意。皇：光大。
7 竞：强。人：贤士。
8 训：顺从。
9 显：伟大。
10 百辟：助祭诸侯。刑：通"型"，效法。
11 前王：即周文王、周武王。

这是成王即位之初，祭祀祖先时劝勉与祭诸侯的诗。

周武王在各方助力下取得了讨伐战争的胜利，灭纣之后，周王朝以分封诸侯的政策来巩固政权，受封的诸侯享有参加周王室祭祀先祖的待遇。从诗的前四句来看，周王对与祭诸侯给予了极高的称赞，不仅表彰了各路诸侯的赫赫战功，同时也表达了周王室从来没有忘记各路诸侯的恩德，这对前来助祭的诸侯来说是一种莫大的光荣，起到了很好的安抚作用。但是，恩威并施向来是天子临朝的门道，周王不可能只停留于对诸侯的安抚，同时还得威震四方，这一点对初登王位的成王来说显得尤为重要。接下来的九句诗便是周王对诸侯的告诫，语气由缓和转为冷硬，几乎是以命令的口吻告诫诸侯好好治国，继承先业，同时牢记先王训令，永远臣服周朝。

本诗语言精练，衔接自然，细读之下，不禁对诗的巧妙构思暗暗称赞。

天 作

天作高山，[1]	上天造就巍峨山冈，
大王荒之。[2]	大王经营土地更广。
彼作矣，[3]	自此荒山变成沃土，
文王康之。[4]	文王继承蒸蒸日上。
彼徂矣，[5] cú	率领民众齐聚山旁，
岐有夷之行，[6]	岐山有路宽阔坦荡，
子孙保之。	子孙万代永保此方。

1 高山：指岐山，在今陕西省岐山县东北。
2 大王：指古公亶父，周文王的祖父，周武王建立周朝时，追谥为"周太王"。荒：经营。
3 彼：指大王。作：开始。
4 康：安定。
5 彼：指文王。
6 夷：平坦无阻。行：道路。

这是周王祭祀岐山的诗。

岐山是周王朝的发祥地，古公亶父以此为根据地开创了周朝先业，在周人的观念里，周王朝统一天下的大业就是从古公亶父开始的。古公亶父，周文王的祖父，周武王建立周朝时，追谥为"周太王"。亶父积德行义，受人爱戴，《史记·周本纪》说"古公亶父复修后稷、公刘之业"，在周人发展史上，他是一个承上启下的关键人物。文王继承了亶父的遗业，并将其文德发扬光大，遂有"凤鸣岐山"之说，也就是预示文王将取得天下。可见岐山作为周朝圣地，为周人带来了吉祥福祉，也许，在周人的观念里，只要守住并经营好岐山，周王朝定能永葆万年，为此，周武王完成统一大业后自当举行盛典，祭祀岐山，同时感念太王、文王的伟大功德。

昊天有成命

昊天有成命，[1]	上天自有成命，
二后受之。[2]	二王受命于天令。
成王不敢康，[3]	成王不敢图享乐，
夙夜基命宥^{yòu}密。[4]	日夜谋政宽且静。
於缉熙，[5]	多么辉煌又光明，
单厥心，[6]	殚精竭虑保天命，
肆其靖之。[7]	国家巩固民安定。

1 昊天：上天。成命：明确的指令。
2 二后：二王，指周文王、周武王。
3 康：享乐。
4 基：谋划。宥：宽容。密：仁静，安定。
5 缉熙：光明。
6 单：通"殚"，竭力。厥：其，指周成王。
7 肆：巩固。靖：安康。

这是纪念周成王一生功绩的诗。

诗开头"昊天有成命"，言周文王、周武王受命于天，开创了周朝一代伟业，作为周朝的第二代天子，成王肩负起巩固周朝、安定民生的重任，这也是关乎苍生的大事，暗指成王也是天命的延续。创业固然不易，但守业更难，为此，成王丝毫不敢懈怠，"不敢康"之"不敢"二字，道出了成王虽身处盛世但仍如履薄冰的精神状态。"夙夜基命宥密"，成王夙兴夜寐，战战兢兢，忙于政务，勤于民生，他心知自己肩负着守住先王创下的历史基业、巩固强大周朝统治的重大使命，为使政治清明，百姓安乐，他励精图治、殚精竭虑。当然，成王的努力获得了历史的肯定，《史记·周本纪》曰："成、康之际，天下安宁，刑措四十余年不用。"这是对他一生功绩最好的总结。

本诗虽为《诗经》中较短的篇章之一，但布局构思绝不马虎，尽显先人智慧。

我 将

我将我享，[1]　　　　　　煮好祭品虔诚奉上，

维羊维牛，　　　　　　　祭品丰富有牛有羊，

维天其右之。[2]　　　　　祈求保佑敬告上苍。

仪式刑文王之典，[3]　　　效法文王制定规章，

日靖四方。[4]　　　　　　日夜祈求安定四方。

伊嘏文王，[5]　　　　　　伟大先皇周朝文王，
　gǔ

既右飨之。[6]　　　　　　请将祭品尽情安享。

我其夙夜，　　　　　　　我要日夜勤祭天皇，

畏天之威，　　　　　　　崇敬上天无限威望，

于时保之。[7]　　　　　　这样才能保国安邦。

1 将：煮。享：祭献。
2 右：保佑。
3 仪式刑：三字皆为效法之意。刑，通"型"。
4 靖：平定。
5 伊：句首语气助词。嘏：伟大。
6 右：通"侑"，劝人吃喝。飨：享。
7 时：是。

这是周王祭天，同时配祭周文王的诗。

据史料记载，夏、商、周建国之初，为纪念功业，皆创作过一套隆重的乐舞，夏禹作《大夏》，商汤作《大濩》，周武王作《大武》。据《左传·宣公十二年》记载，武王克商后作《武》，"耆定尔功"。《大武》共六篇，以盛大的乐舞叙述了西周统一天下过程中的六件大事，《我将》便是《大武》的第一篇。

诗开篇映入眼前的是举行祭典前准备祭品的画面，牺牲陈列，摆放整齐，有牛有羊，虔诚供奉，这是周人出征前举行的祭天大典，以祈求天帝保佑。诗始言祭祀天帝，次言祭祀文王，这当然不仅仅是因为文王乃上一代创业者。文王文治武功，盛名传扬四方，他在位期间已然呈现出统一的大趋势，祭祀文王不仅是感念文王的功德，称赞文王的伟大，更是以文王为旗帜，表明自己乃继承文王之命，在天帝的庇佑下完成在文王手中还未完成的事业，这样不仅可以安定现状还可以凝聚更多的力量。

全诗以武王的口气叙述，可以清晰地感觉到他希望在文王与上天的佑助下完成伟业、统一天下的强烈决心。

羊

时 迈

时迈其邦，[1]	出巡视察周朝诸邦，
昊天其子之，[2]	上天视我如同儿郎，
实右序有周。[3]	保佑周朝国运隆昌。
薄言震之，[4]	武王发兵讨伐纣王，
莫不震叠。[5]	天下诸侯莫不惊慌。
怀柔百神，[6]	取悦诸神献上祭品，
及河乔岳。[7]	山河百神一同共享。
允王维后！[8]	天下之主周朝武王！

1 时：是，句首语气助词。迈：巡视。
2 昊天：上天。子之：视为儿子。
3 实：的确。右：保佑。序：助。
4 薄言：句首语气助词。震：震慑。
5 震叠：震慑。叠，通"慑"，慑服。
6 怀柔：安抚。百神：即天地众神。
7 河：黄河，这里指河神。乔岳：高山，这里指山神。
8 允、维："是"的意思。王、后：指周武王。

明昭有周，[9]　　　　光明显著照耀四方，

式序在位。[10]　　　依照顺序诸侯受赏。

载戢^{jí}干戈，[11]　　干戈兵甲从此退场，

载櫜^{gāo}弓矢。[12]　　强弓利箭收入包囊。

我求懿德，[13]　　　我们访求有德贤郎，

肆于时夏，[14]　　　仁政施行遍布四方，

允王保之。[15]　　　武王定能保国安邦。

9 明昭：光明显耀。
10 式：句首语气助词。序：依次。
11 戢：收藏。干戈：指兵器。
12 櫜：古代收藏盔甲弓矢的器具。
13 懿德：美德。
14 肆：陈设。夏：中国，国家。
15 保：指保持天命、安定四方的意思。

这是周武王巡视各国诸侯、祭祀山河的诗。

《毛诗序》曰："《时迈》，巡守告祭柴望也。"郑玄笺曰："武王既定天下，时出行其邦国，谓巡守也。"柴望，即柴祭和望祭，遥望山川而举行祭祀就是望祭。武王克商后，分封诸侯，为安定诸侯，树立新朝威信，武王巡视四方，威加海内。"怀柔百神，及河乔岳"意在说明武王不仅能威震天下，还能安抚众神，沟通天地，而在周人的观念里，君主最受人尊崇之处便是沟通人神，得到百神庇佑。武王以武力征服天下，统一四方，接任文王之位后又以文德治理天下，巩固帝王之业。诗极言武王的武功和文德，赞美武王克商乃天命所归，在最后更是进一步强调武王统一天下、治理大周乃延续天命，虽皆为称颂之词，但其中严密的逻辑性与强烈的情感倾向，让人不得不叹服。

执 竞

执竞武王，[1]   自强不息当数武王，

无竞维烈。[2]   战功赫赫举世无双。

不显成康，   伟大君主成王康王，

上帝是皇。[3]   上天对其大加赞赏。

自彼成康，   自那成康二王以来，

奄有四方，   周朝占拥天下诸邦，

斤斤其明。[4]   明察秋毫威震四方。

1 执竞：自强不息。
2 竞：争。烈：功业。
3 皇：赞赏。
4 斤斤：明察的样子。

钟鼓 喤 喤，^{huánghuáng}⁵　　　　敲钟打鼓声音洪亮，

磬 筦 将将，^{qíngguǎn}⁶　　　　击磬吹管乐声锵锵，

降福 穰 穰。^{rǎngrǎng}⁷　　　　洪福无边从天而降。

降福简简，⁸　　　　　　神灵赐福大吉大祥，

威仪反反。⁹　　　　　　仪态严肃举止端庄。

既醉既饱，　　　　　　　神灵酒足饭又饱肠，

福禄来反。¹⁰　　　　　福禄相报地久天长。

5 喤喤：形容钟鼓声大而和谐。
6 磬：古代打击乐器，形状像曲尺，用玉、石制成，可悬挂。筦：同"管"，竹制管乐器。将将：同"锵锵"，拟声词，形容金石撞击发出的洪亮清越的声音。
7 穰穰：众多的样子。
8 简简：盛大的样子。
9 反反：慎重、和善貌。
10 反：回报。

这是合祭周武王、周成王、周康王的诗。

诗首句赞美武王勇猛强悍，仅"执竞"二字就让人不禁回想起他伐纣灭商，东征西战，开朝立国，拓展疆土的种种英雄事迹，一开篇便将人带入缅怀的情境中。武王功德无人能及，成王、康王也光明显赫，他们开创了周朝盛世，史称"成康之治"。周初三位统治者皆为明君，流传史册，这是周人无法言喻的骄傲，诗句中透露着浓浓的自信。

缅怀之情还未过去，钟鼓管乐之声便将人带入到了庄严肃穆的祭祀场景中，祭典上曲调悠扬，众演奏者各司其职，井然有序，场面宏大尽显太平盛世的气象。钟鼓齐鸣，磬声嘹亮，在一派其乐融融中祈求神灵赐福，祈求盛世永葆万年。

诗虽然极力赞美武王、成王、康王之伟大，但又着重强调了神灵对人的赐福和庇佑，因为在周人的观念里，要想成就事业，必须得有神的佑助，若安抚好神灵则会福禄相随，绵长不息。

本诗语言精练而流畅，音调铿锵而有力，具有很强的感染力，让人仿佛置身于几千年前热闹而肃穆的盛大祭典中。

思 文

思文后稷，¹	追思后稷功德无量，

思文后稷，¹　　　　追思后稷功德无量，

克配彼天。²　　　　德行纯正能配上苍。

立我烝民，³　　　　养育我们万千百姓，

莫匪尔极。⁴　　　　如此恩惠谁能相忘。

贻我来牟，⁵　　　　赐予我们优良麦种，

帝命率育。⁶　　　　天命用以定民安康。

无此疆尔界，　　　农耕何必区分疆界，

陈常于时夏。⁷　　　种植技能全国推广。

1 文：文德。后稷：周之先祖。
2 克：能。
3 立：通"粒"，谷粒，此处用作动词，有养育之意。烝民：民众，百姓。
4 极：至，此处指至德。
5 贻：赠给。来：小麦。牟：大麦。
6 率：用。育：养育。
7 陈：遍布。常：常规，这里指农政。时：此。夏：中国，国家。

这是祭祀周朝始祖后稷的诗。

后稷为尧舜时期掌管农业之官，因善于经营农业，被尧举为"农师"，后又被舜命为"后稷"，"后"是君王的意思，"稷"则是一种粮食作物，后稷被认为是最早开始种稷和麦的人。

《诗经·大雅·生民》叙述了他极具神话色彩的身世以及在农业种植方面的特殊才能，他善于种植各种粮食作物，致力于开发农业生产技术。他留给后代优良的麦种，养育万民，他教民耕种，在全国推广农耕种植技术，正因为后稷创业成功才使万民免于饥饿，才使种族得以延续，这对身处农耕社会的人们来说当然意义非凡。周人以稷为始祖，以稷为谷神，以社稷为国家象征，足见后稷的神圣地位。

本诗正是追思后稷开创农业的千秋功德，缅怀后稷养育万民的莫大恩泽，其德行确实"克配彼天"。

臣 工

嗟嗟臣工，[1]　　　　　群臣百官须听好，

敬尔在公。[2]　　　　　对待公务要牢靠。

王厘尔成，[3]　　　　　君王赐予耕作法，

来咨来茹。[4]　　　　　仔细思量并商讨。

嗟嗟保介，[5]　　　　　农官你们也听好，

维莫之春。[6]　　　　　而今正是春耕忙。

亦又何求，　　　　　　有何要求要上告，

1 嗟嗟：句首语气助词。臣工：群臣百官。
2 敬：谨慎。
3 厘：通"赉"，赐予。成：成法。
4 咨：商量。茹：思量。
5 保介：农官的副职。
6 莫：古同"暮"。

如何新畬。[7]　　　　土地经营要思量。

於皇来牟，[8]　　　　麦苗长势真喜人，

将受厥明。[9]　　　　秋来定有好收成。

明昭上帝，　　　　　光明无比天上神，

迄用康年。[10]　　　下降福泽获丰登。

命我众人，　　　　　听我命令耕种人，

庤乃钱镈，[11]　　　各样工具要列陈，

奄观铚艾。[12]　　　遍查农具后行耕。

7 新畬：新田熟田。开垦两年的田叫新，开垦三年的田叫畬。
8 於皇：叹词，用于赞美。来牟：小麦和大麦。
9 厥：它的。明：收成。
10 迄：至。用：以。康年：丰年。
11 庤：备好。钱：古代铲类农具。镈：古代锄类农具。
12 奄：尽，全。观：视察。铚：古代一种短的镰刀。艾：古代一种大的镰刀。

这是周成王举行籍田礼时所唱的乐歌。

"籍田"是古代天子、诸侯直接拥有的土地，由农奴耕种。籍田礼，就是天子、诸侯带领百官去籍田亲自耕作，以示对农业的重视。每逢春耕前，天子、诸侯都会躬耕籍田，其中也会有祭祀神明的环节，本诗反映的正是这一礼制。诗的前四句乃训勉百官严谨公务，潜心研究农业耕作之法。接下来的四句告诫农官尽忠职守，早筹农事。再接下来的四句是祈求神明，展望秋来丰收。最后三句，周王表示不仅春耕前往籍田，秋收也将前去视察。

从全诗来看，周王非常重视农业生产，而且对农业活动也相当熟悉，农事中的众多祭礼也意在祈求农业丰收。周王朝在建国之初就制定了土地方面的法规，即诗中所说的成法，成法涉及土地分配与管理，土地耕种与改良，反映了国家对农业的重视。

噫 嘻

噫嘻成王，[1]　　　　成王祷告声叹息，

既昭假尔。[2]　　　　一片虔诚在内心。

率时农夫，[3]　　　　率领农夫齐下地，

播厥百谷。[4]　　　　播种百谷事躬亲。

骏发尔私，[5]　　　　农耕用具快开启，

终三十里。[6]　　　　下地耕耘三十里。

亦服尔耕，[7]　　　　从事耕作须努力，

十千维耦。[8]　　　　万人耦耕齐同心。

1 噫嘻：叹词，表示叹息。

2 昭：明。假：通"格"，至。

3 时：通"是"，此。

4 厥：其。

5 骏：赶快。发：启动。私：当为"耜"，原始翻土农具。

6 终：尽。三十里：在这里指农官的私田。

7 服：从事。

8 十千：一万人。耦：两个人在一起耕地。

这也是一首籍田礼上的颂歌，写的是周成王亲躬田间、督促农夫、告诫农官，与上篇《臣工》是姐妹篇。不过，上篇主要是写籍田典礼的前部分，即举行祈谷之礼，而本篇侧重描写籍田典礼的后部分，即周王率领群臣，亲耕劝农。

从诗叙述的内容来看，前四句写成王祷告上苍，沟通神灵之后，举行籍田之礼。后四句写成王直训农官，率领农夫播种百谷，开始全面耕作。

本诗虽语言朴实，篇幅短小，但气势宏大，如"十千维耦"便描绘出一幅万人齐心耕种的壮大景象。

《噫嘻》与《臣工》提供了窥视周初礼仪典制与农业生产状况的窗口，具有重要文学价值的同时，还具有较高的史料价值。

振鹭

振鹭于飞，¹　　　　白鹭成群高飞翔，

于彼西雍。²　　　　降落西边辟雍旁。

我客戾止，³　　　　我有嘉宾喜来到，

亦有斯容。⁴　　　　身着洁白好衣裳。

在彼无恶，⁵　　　　本国封地无人厌，

在此无斁。⁶　　　　周地城邦广颂扬。

庶几夙夜，⁷　　　　但愿你们勤理政，

以永终誉。⁸　　　　众人称赞美名扬。

1 振：群飞貌。
2 雍：辟雍，西周天子所设大学，校址圆形，围以水池，前门外有便桥。
3 戾：至。
4 斯容：此容，意思是来客有像白鹭一样高洁的仪容。
5 无恶：没有人怨恨。
6 斁：厌倦。
7 庶几：差不多，这里表希望之意。
8 终誉：盛誉。

这是周王招待来京助祭的夏、商国君后代的乐歌。

《毛诗序》曰："《振鹭》,二王之后来助祭也。"诗中的"客",就是指"二王之后",即"二王"的后代,而"二王"就是指夏朝国君与商朝国君。周武王伐纣胜利得天下后,封夏、商二朝的王族后裔于杞地、宋地,用以体现周政权的仁爱之心,以便天朝统治,收服人心。本诗所写周王请夏、商后代来朝助祭并热情款待之事,正是这种怀柔政策的体现。

诗的前四句以鹭鸟洁白的羽翼象征来客高洁的仪容,以示周王对"二王之后"的称赞。接下来的两句夸赞来客几乎没有失德之举,品性良好。细细品味,此句甚是微妙,暗含周王时时关注夏、商后代一举一动之意,其中"庶几"二字倍显周王心意。最后两句则顺其自然地从称赞转为劝勉,希望"二王之后"能勤理朝政,保持美好名声。

本诗的语言艺术十分高超,简明而生动地反应了周王的治国策略与周王朝的大国风范。

丰 年

丰年多黍多稌，[1]　　　丰年谷物堆更高，

亦有高廪，[2]　　　　　我们建好大粮仓，

万亿及秭。[3]　　　　　亿万谷粮来储藏。

为酒为醴，[4]　　　　　新米酿酒杯千觞，

烝畀祖妣，[5]　　　　　献给祖先来品尝，

以洽百礼，[6]　　　　　配合祭典齐献上，

降福孔皆。[7]　　　　　神灵赐福降吉祥。

1 黍：小米。稌：稻子。
2 高廪：高大的粮仓。
3 亿：周代以十千为万，以十万为亿，以十亿为秭。秭：古代数目名，十亿。
4 醴：甜酒。
5 烝：进献。畀：给予。祖妣：男女祖先。
6 洽：配合。百礼：祭祀典礼上的各种仪式。
7 孔：很。皆：普遍。

这是丰收之后祈天祭祖的乐歌。

毛诗序曰："《丰年》，秋冬报也。"报，指秋祭和冬祭。每年秋收之后直至冬天，周王朝会举行一系列大规模的祭祀活动，报答神明祖宗，祈求来年丰收，丰年的报祭活动则更是盛大。

丰收之年，谷物堆满粮仓，在丰收的喜悦中，人们用新粮酿造的美酒进献祖宗，在周人的观念里，先人们也能同他们一样感受到这片丰收的喜悦。同时以美酒祭享天帝群神，既是对神灵已赐恩德的报答，也是对来年好收成的祈求。

在诗中所渲染的喜庆气象中，我们看到了周人沟通天地，人神和睦相处的融洽画面。

稌

有瞽 gǔ

有瞽有瞽, [1]	盲人乐师排列成行,
在周之庭。	上前齐聚周王庙堂。
设业设虡 jù, [2]	钟架鼓架依次摆上,
崇牙树羽。[3]	齿牙饰有五彩羽装。
应田县鼓, [4]	大鼓小鼓齐齐上场,
鞉磬柷圉 táo qìng zhù yǔ。[5]	鞉磬柷圉安置有方。
既备乃奏,	演奏乐器准备妥当,

1 瞽:盲人,古代乐师常为盲人。

2 业:古代悬挂钟或磬的横木上的大板。虡:古代悬挂钟或磬的架子两旁的柱子。

3 崇牙:悬挂编钟编磬之类乐器的木架上端所刻的锯齿。树羽:用五彩羽毛来装饰崇牙。

4 应:小鼓。田:大鼓。县鼓:悬挂而击的鼓。县,同"悬"。

5 鞉:同"鼗",有柄有耳的摇鼓,俗称拨浪鼓。磬、柷、圉:均为古代打击乐器。

箫管备举。　　　　　　　排箫乐管一同奏响。

huánghuáng
喤 喤 厥声，[6]　　　　　众乐和鸣声音洪亮，

肃雍和鸣，[7]　　　　　　庄严和谐曲调悠扬，

先祖是听。　　　　　　　祖宗神灵请来欣赏。

我客戾止，[8]　　　　　　我有嘉宾光临到场，

永观厥成。[9]　　　　　　观至曲毕不觉时长。

6 喤喤：形容钟鼓声大而和谐。
7 肃雍：形容乐声和谐。
8 戾止：来到。
9 永：一直。成：指乐曲演奏完毕。

这是周王祭祀先祖的乐歌。

《毛诗序》曰："《有瞽》，始作乐而合乎祖也。"在《诗经》时代，音乐具有非常重要的地位，周王室祭祀先祖，自然少不了乐队演奏，这也是先秦时期礼乐并重的文化观念的一种反映。

瞽，字面意思为盲人，但在古代特指乐师。据《周礼》记载，周代已有乐官，由春官、地官（职责是掌管礼仪）管辖，其实是礼官的一种。"瞽"属于春官，其职责是"掌播鼗、柷、敔、埙、箫、管、弦、歌。讽诵诗，世奠系，鼓琴瑟。掌九德六诗之歌，以役大师"。也就是说，这些盲人乐师以演奏各种乐器为职，同时负责礼仪演出中的声乐部分，并在各种乐器的伴奏下讽诵诗歌。

从本诗描述的内容来看，周王室的这次祭祖典礼，乐师成排，乐器成套，乐声洪亮悠扬，场面十分壮观。

潜

猗与漆沮，¹

潜有多鱼。²

有鳣有鲔，³
zhān　wěi

鲦鲿鰋鲤。⁴
tiáo cháng yǎn

以享以祀，

以介景福。⁵

漆沮汤汤润周土，

鱼儿繁多藏柴木。

鳣鱼鲔鱼不可数，

鲦鲿鰋鲤成群舞。

鲜美鱼儿祭先祖，

诚心诚意求洪福。

1 猗与：赞叹词。漆沮：河流名。即漆水和沮水。
2 潜：堆放水中供鱼栖息的柴木。
3 鳣：鲟鳇鱼的古称。鲔：指鲟鱼。
4 鲦：鲦鱼，体小，呈条状。鲿：黄鲿鱼。鰋：鲇鱼。
5 介：求。景：大。

这是一首以鱼祭祖的乐歌。

以鱼为祭品祭祀先祖是中华民族延续千年的传统习俗，"鱼"与"余"谐音，寄托着人们美好的愿望，周人以鱼祭祖，祈求洪福绵延。本诗虽然篇幅短小，但却提到了鳣、鲔、鲦、鰋、鳢、鲤六种鱼，可见周人对鱼类品种十分熟悉，对鱼类养殖也有一定经验。

据史料记载，周人常将柴草置于水底以吸引鱼群栖宿，这样不仅有利于鱼的养殖，同时也给捕鱼带来了很大的便利，这些都反映了周代生产力的发展与进步。

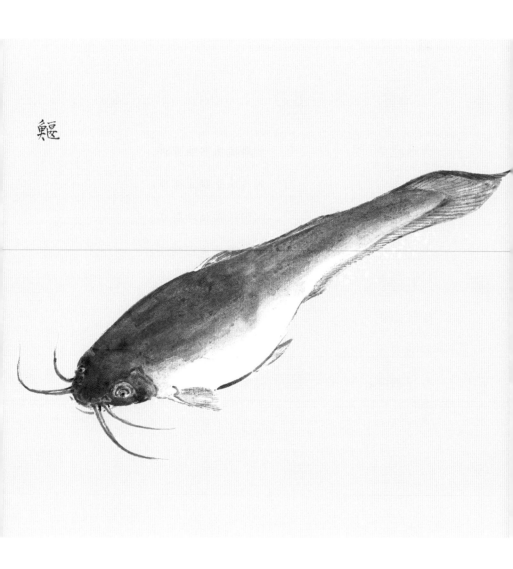

鳀

雍

有来雍雍，[1]	一路走来和睦安详，
至止肃肃。[2]	到达庙堂容止端庄。
相维辟公，[3]	列国诸侯相助祭享，
天子穆穆。[4]	主祭天子肃穆端庄。
於荐广牡，[5]	壮硕公牛虔诚进上，
相予肆祀。[6]	助我祭祀陈列庙堂。
假哉皇考，[7]	光明伟大天上先皇，
绥予孝子。[8]	保佑孝子安定四方。

於 wū

1 雍雍：和睦的样子。
2 肃肃：恭敬的样子。
3 相：助祭。辟公：诸侯。
4 穆穆：端庄肃穆的样子。
5 荐：进献。广：大。牡：指公牛。
6 相：助。肆：陈列。
7 假：大，美。皇考：对亡父的尊称。
8 绥：安好。

宣哲维人，[9]　　　　　　贤才能臣济济一堂，

文武维后。[10]　　　　　　伟大君主举世无双。

燕及皇天，[11]　　　　　　定国安邦德感天皇，

克昌厥后。[12]　　　　　　能佑子孙繁盛永昌。

绥我眉寿，[13]　　　　　　赐福于我万寿无疆，

介以繁祉。[14]　　　　　　上天佑助福禄永享。

既右烈考，[15]　　　　　　保佑先父光明吉祥，

亦右文母。[16]　　　　　　保佑先母文德恒昌。

9 宣哲：明哲，明智。人：指人臣。

10 后：君主。

11 燕：安定。

12 克：能。

13 绥：赐予。

14 介：助。繁：多。祉：福祉。

15 右：保佑。烈考：光明的先父。

16 文母：有文德的先母。

这是一首撤祭诗，是周王祭祀完父母之后，撤去祭品时所演奏的乐曲。

诗的开头写的是天子主祭、诸侯助祭的情景。与祭诸侯往来从容，排列整齐，天子居中，诚敬盛美，场面庄严肃穆，尽显大国风范。这种形式极大地宣示了周天子的绝对权威以及四方诸侯的衷心臣服，是周王室兴盛的标志。丰盛祭品依次陈列，天子诸侯齐声祷告：愿先祖神灵赐予福祥，保佑周朝安定，子孙福寿无疆。此番众星拱月，高声祈颂的场景再一次彰显了周天子的赫赫威仪，同时传达了周统治者希望周王朝永盛绵延的强烈追求。"既右烈考，亦右文母"，在祭典将要结束的乐声中告慰先祖英灵，同时，劝侑先祖，撤去祭品，点明了本诗的实质。

载 见

载见辟^{bì}土，¹　　　　诸侯来京朝见新土，

曰求厥章。²　　　　请求赐予法制规章。

龙旂^{qí}阳阳，³　　　　龙旗鲜明迎风飘扬，

和铃央央，⁴　　　　车铃晃动叮当作响，

鞗^{tiáo}革有鸧^{qiāng}，⁵　　　　马辔装饰闪耀金光，

休有烈光。⁶　　　　朝见队伍威武雄壮。

率见昭考，　　　　率领诸侯祭祀武王，

以孝以享，⁷　　　　手持祭品进献先皇，

1 载：始。辟王：君王。
2 曰：句首语气助词。章：典章。
3 旂：古代指画有交龙并杆头挂有铜铃的旗子。阳阳：色彩鲜明貌。
4 和铃：古代车铃。和在轼前，铃在旗上。央央：和谐的声音。
5 鞗：马缰绳。有鸧：金饰美盛貌。
6 休：美。
7 孝、享：皆为献祭之意。

以介眉寿。 祈求赐予福寿绵长。

永言保之， 神灵保佑四方安康，

思皇多祜。[8] 英明成王洪福无疆。

烈文辟公，[9] 列国诸侯治理有方，

绥以多福，[10] 神明赐福安乐吉祥，

俾缉熙于纯嘏。[11] 辅佐君王使作明光。

8 思：发语词。皇：指成王。祜：福。
9 烈文：武功文德。辟公：指助祭诸侯。
10 绥：赐予。
11 俾：使。缉熙：光明。纯嘏：大福。

这是周成王初登王位，诸侯来京朝见、助祭的乐歌。

《毛诗序》曰："《载见》，诸侯始见乎武王庙也。"可见此次祭祀的对象是周武王，也就是诗中所说的"昭考"。新王即位，总存在一些不安定因素，诸侯们的离心则是统治者忧心的关键，朝拜周武王，一来是以先王的赫赫武功震慑群臣，另一方面也表明，成王遵循先王遗诏，会以同样的方式善待群臣并且委以重任。因此，诸侯前来朝拜并执行助祭工作，从统治者的角度来说，是打消诸侯们的疑虑，稳定政权；而从诸侯们的角度来说，则是暗刺虚实，探求天朝新政。然而，本篇在文学手段上的积极调动，极大地掩盖了它浓郁的政治色彩，诗在描写祭祀场面的时候体现了鲜明的文学性，这在颂诗中是十分难得的。

高高飘扬的龙旗，叮当作响的车铃，金光闪闪的铜饰，在一片热闹壮观的场景中，周王朝的磅礴气势仿佛就在眼前。

有客

有客有客，　　　　　我有客人来自远方，

亦白其马。　　　　　驾车骏马纯白雄壮。

有萋有且，^{jū}¹　　随从人员谨慎安详，

敦琢其旅。²　　　　　彬彬有礼举止端庄。

有客宿宿，³　　　　　客人已至留宿我方，

有客信信。⁴　　　　　盛情款待再宿我朝。

1 有萋有且：谨慎的样子。
2 敦琢：形容随从有礼有节的样子。
3 宿：住一夜。
4 信：住两夜。

言授之絷，^{zhí} 5   真想用那粗长绳缰，

以絷其马。   拴马留客表我心肠。

薄言追之，6   客人将去送别饯行，

左右绥之。7   左右大臣安抚得当。

既有淫威，8   客人深蒙天子盛德，

降福孔夷。9   神灵赐福大吉大祥。

5 絷：绳索。此处用作动词，拴。
6 薄言：句首语气助词。追：饯行。
7 左右：周王左右臣子。绥：安抚。
8 淫威：大德。
9 夷：大。

这是一首周成王为客饯行的诗。

《毛诗序》曰："《有客》，微子来见祖庙也。"可见本诗是写殷商后代宋微子来朝助祭，成王热情招待并为其设宴饯行。

商人崇尚白色，诗开头两句强调来客所驾白马，一是揭示来客身份，二是表达对来客的尊重，暗指其高洁品性。接下来两句写宋微子随从人员的谨慎安详以及微子的端庄有礼，呼应前句。

据史料记载，宋微子广施仁德，很受殷商遗民的拥戴，同时又尊奉周天子，故而很受周王重视。微子来朝助祭，受到了热烈欢迎，虽然已经住了两晚，但主人还是舍不得他走，强烈要求他再住几晚，为此，主人甚至想到用绳索拴住马儿以达到留客目的，可见礼遇之隆。

客人终须远去，主人令群臣百官为之饯行，再次凸显了微子所受的厚待。

结尾乃点睛之笔，表明尊奉天朝定当荣宠不衰，神灵也将赐福保佑。

武

於皇武王，[1]   光明辉煌伟大武王，

无竞维烈。[2]   伐商功业举世无双。

允文文王，[3]   文德昌盛英明文王，

克开厥后。[4]   能把后代功业开创。

嗣武受之，[5]   承受遗业嗣子武王，

胜殷遏刘，[6]   平定杀戮战胜殷商，

耆定尔功。[7]   完成大业功绩辉煌。

1 皇：光明显耀。

2 竞：争。维：其，他的。烈：功业。

3 允：确然。文：文德。

4 开：开创。

5 嗣：后嗣。

6 遏：遏止。刘：杀戮。

7 耆：致，达到。尔：指武王。

这是一首叙述武王克商的诗，歌颂其平定天下的功劳。

《左传·宣公十二年》曰："武王克商，作《武》，其卒章曰'耆定尔功'。"据《礼记·乐记》记载，"《武》乐六成"，其中五篇断定为《武》《酌》《赉》《般》《桓》，并无异议，还有一篇《我将》也被认为是其中的一篇，但目前尚无定论。本篇乃《大武》乐章中的一章，是对周武王继承周文王遗志完成克商大业的赞美。

诗开头两句热情歌颂武王，称赞其功业乃举世无双，接下来两句笔锋一转，上溯文王之德，指出武王能开创伟业离不开文王打下的坚实基础。诗的后三句复而赞美武王克商的功绩，同时诗句中又夹杂着对文王的追思，可见伐纣克商确实是一番不朽的伟业，它经历了两代人的不懈努力，同时又是顺应人心之举，永远留在人们的记忆中。

全诗吞吐自如，虽为祭祀颂词，但显现出了高超的艺术技巧。

^{mìn}
闵予小子

闵予小子，¹	可怜我这幼小孩童，
遭家不造，²	家中遭难万分悲痛，
^{qióngqióng} 嬛 嬛 在疚。³	孤苦无依忧心忡忡。
於乎皇考！⁴	英明辉煌先父武王！
永世克孝。⁵	克礼尽孝终身不忘。
念兹皇祖，⁶	想我祖父伟大文王，

1 闵：同"悯"，怜悯。予小子：周成王自称。
2 不造：不善，即不幸。造，善。
3 嬛嬛：孤独哀伤、无依无靠的样子。疚：哀伤。
4 皇考：对已故父亲的尊称，这里指武王。
5 永世：终生。克：能。
6 兹：此。皇祖：对已故祖父的尊称，这里指周文王。

陟降庭止。⁷　　　　　选贤任能国运隆昌。

维予小子，　　　　　年幼即位内心惶惶，

夙夜敬止。⁸　　　　　日夜勤政治国守邦。

於乎皇王！⁹　　　　　英明神武天上先皇！

继序思不忘。¹⁰　　　　继承祖业岂敢相忘。

7 陟降：上下，升级降职的意思。庭：正直，公正。止：语气助词。

8 敬：勤谨。止：语气助词。

9 皇王：先代君王，这里兼指文王、武王。

10 继：继承。序：绪，事业。思：语气助词。

这是周成王遭周武王之丧，于祖庙祭告先祖、表明决心的诗。

成王年幼继位，由周公辅政，本诗极有可能是周公托为成王之词，因此本诗的真正作者可能是周公。

诗的前面三句抒发了成王的丧父之痛，点出了成王孤独无援的艰难处境，诗句中暗示成王年幼继位但无依无靠，急需群臣的支持与辅佐。此三句营造了忧伤的情感氛围，容易引发人的同情怜悯之心。接下来的两句写成王感念先皇武王，将终生恪守孝道。百善孝为先，古人极重孝道，成王此举无疑能在最短的时间内以最有效的方式博得群臣的好感。第六、七句追思先祖文王选贤任能致使国运昌隆，一方面暗示旧臣应当感念文王的提拔之恩继续辅佐新君，另一方面也在告知群臣，成王也将遵循先祖遗教继续提拔贤能之士。第八、九句写成王日夜勤政，以求守住先皇开创的辉煌大业。这两句主要是强调成王的自我努力，有力塑造了勤勉谨慎的新君形象。最后两句则是成王表明决心，发誓将祖业永远铭记于心，全诗至此陡生一股朝气，让彷徨犹豫的群臣们看到了希望，也增添了信心。

本诗开头煽情，叙述婉转，收尾有力，并非简单的歌功颂德之作，越细细品读，越让人倍感巧妙，同时也让人不禁感叹在背后运作的周公的用心良苦。

访 落

访予落止，[1]　　　　即位之初举国商讨，

率时昭考。[2]　　　　遵循先王治国之道。

於乎悠哉，[3]　　　　先王道行实在精妙，

朕未有艾。[4]　　　　阅历未丰领悟不到。

将予就之，[5]　　　　虽有群臣殷勤相告，

继犹判涣。[6]　　　　继续谋划恐失妥当。

1 访：谋划，商讨。落：始。止：语气助词。
2 率：遵循。时：是，这。昭考：相当于"皇考"，是对已故父亲的尊称，这里
指武王。
3 悠：远。
4 艾：阅历。
5 将：助。就：接近。
6 继：继续。犹：谋划。判涣：分散。

维予小子，　　　　　年幼登位经验缺少，

未堪家多难。　　　　家国多难难以担当。

绍庭上下，⁷　　　　继承父祖治国之道，

陟降厥家。⁸　　　　任用群臣井井有条。

休矣皇考，⁹　　　　英明神武伟大先王，

以保明其身。¹⁰　　佑我光明永享安康。

7 绍：继承。庭：公正。
8 陟降：指提升和降级之意。厥家：群臣百官。
9 休：美。
10 保明：保佑。

这是周成王于祖庙祭告武王商讨国事的诗。

《毛诗序》曰："《访落》，嗣王谋于庙也。"嗣王，就是周成王。成王继位之初，于庙堂告慰先王，这是一次披着祭祀外衣的政治活动。武王去世后，周朝面临权力接替的微妙时期，各路诸侯虎视眈眈，伺机出动，再加上成王年幼，阅历未丰，时局变得更加严峻，虽有周公辅政，主持大局，但无疑又引出了另一个更加尖锐的君权问题。因此，在诗开头，成王便宣称，国家的路线方针政策全部遵循先皇武王，这是嗣王初登朝堂、稳定局面、主持国事的必然举措。

诗中成王极言自己年幼，阅历不丰，唯恐有失妥当，让人仿佛看到一位忧心忡忡、举足难安的少年天子形象。同时家国多难，这对毫无经验的成王来说，无疑雪上加霜，虽每日辛勤理政，但终不能稳固全局。因此，成王只能向先皇求助，遵循武王庭训，效仿武王选贤任能、清肃朝纲，诗言至此终有一丝威慑之力。

全诗感情真切，叙述动人，让人读罢不得不感慨成王的处境艰难，对这位少年天子施以怜悯之情。

敬 之

敬之敬之，[1]　　　　处事谨慎于心牢记，

天维显思。[2]　　　　皇天在上天道显明。

命不易哉！[3]　　　　行之有常难改天命！

无曰高高在上。　　　休要再言天道冥冥。

陟降厥士，[4]　　　　升黜百官张弛有力，

日监在兹。[5]　　　　日日督察不受蒙蔽。

1 敬：警诫。
2 显：显明。思：语气助词。
3 命：天命。易：更改。
4 陟降：指提升和降级之意。厥士：群臣百官。
5 日：每天。监：督察。兹：此。

维予小子，　　　　　想我年幼缺少阅历，

不聪敬止。[6]　　　　为人处世自当警惕。

日就月将，[7]　　　　勤奋学习日月奉行，

学有缉熙于光明。[8]　日积月累以致光明。

佛时仔肩，[9]　　　　任重道远责任天定，

示我显德行。[10]　　明示美德永铭于心。

6 敬：勤谨。止：语气助词。
7 就：久。将：长。
8 缉熙：逐渐积累以致光明。
9 佛：同"弼"，辅弼。时：是。仔肩：责任。
10 示：指示。显：美好。

这是周成王告诫群臣并自我警诫的诗。

前面六句，成王以天子的气势居高临下，强调周王室乃天命所归，自己也是顺应天命，成为周朝的新一代君王，暗示群臣百官也应顺从天意，诚心服从周王朝的统治，言语间透着强大的威慑力。接着成王进一步强调，苍天在上，明察秋毫，周朝的一切事物尽在其督察之中，再一次暗示群臣当尽忠职守，不得有任何越轨行为。接下来的六句，笔调突转，着重表达成王严格自律的决心。成王自述年幼继位，缺少经验，但一定会加倍努力，相信经过长时间的勤奋学习能够逐步成熟，肩负周朝伟业，同时成王在这里也表达了希望群臣既不要轻视自己，也不要对自己失去信心的意图，当然，言语间也暗示自己任重道远，需要群臣的支持与辅佐。

本诗一开篇便形成了强大的震慑力，用力之猛，足见成王掌管朝政、统摄群臣的决心，同时，这位年轻君王的执政能力也初步显露。全诗表述婉转，语意双关，君王的掌控手段可见一斑。

小 毖^{bì}

予其惩，¹　　　　　追悔前非记忆尤深，

而毖后患。²　　　　谨防后患严肃朝政。

莫予荓^{píng}蜂，³　　　勿要轻视杂草狂蜂，

自求辛螫^{shì}。⁴　　　稍有不慎自得苦痛。

肇允彼桃虫，⁵　　　当初轻信小小桃虫，

拼^{fān}飞维鸟。⁶　　　转眼化为凶恶大鹏。

未堪家多难，　　　　家国遭难社稷不稳，

予又集于蓼^{liǎo}。⁷　　陷入困境忧怨倍生。

1 惩：警诫。

2 毖：谨慎。

3 荓：一种草，又叫铁扫帚，多年生草本植物，掌状复叶，形状狭小。蜂：细蜂。

4 辛：蜜蜂蜇过的麻痛。螫：蜜蜂以毒针刺人叫螫。

5 肇：始。允：信。桃虫：鸟名，即鹪鹩，尾羽短，体型小，羽毛赤褐色，善鸣唱，因为筑巢精巧，故又俗称巧妇鸟。

6 拼：通"翻"，鸟飞的样子。

7 蓼：一年生草本植物，生长在水边或水中，茎叶味辛辣，故古人常以蓼喻辛劳困顿。

此诗表达了周成王惩前毖后的决心。

《毛诗序》将《闵予小子》《访落》《敬之》和本篇看成是组诗，这四首诗的内容一脉相承，语气如出一辙，叙述了成王从年幼稚嫩走向成熟独立的过程。

从诗的具体叙述来看，前三篇应作于周公归政前，而《小毖》应作于归政后。本诗开篇便点明主旨，成王自称必须深刻地吸取教训以免除后患，这说明此时的成王已初理朝政，但由于经验未丰遇到了一系列烦恼与危机。接下来成王总结经验教训并陈述自己将怎样做到惩前毖后。首先，成王表示，"莫予荓蜂"，杂草虽微却能泛滥成灾，蜜蜂虽小却能施人以蜂毒，在这里成王提醒自己不要轻视小人小事所带来的危害。接着，成王表示，"肇允彼桃虫"，那小巧柔顺的鹪鹩只是一时的表象，谁也想不到它转眼即可化为凶恶狠毒的大鸟，遭受过祸端的成王已经深知其中的利害，他将不再轻信谗言，被表象迷惑，从而遭受蒙蔽。此时的成王无比清醒，经历了管叔、蔡叔、武夷之乱的他已经对朝堂之事有了初步的体验。结尾成王自叹不堪重负，又陷入了另一番恼人的困境，看似自述苦闷，实则正是成王逐步成熟，深入思考，关注时局，决心独立主持国事并逐步清理朝政的表现。

桃蟲

桃蟲一種

载 芟 shān

载芟载柞，¹　　　　开始除草又伐木，
其耕泽泽。²　　　　下田垦地又松土。

千耦其耘，³　　　　千万农夫齐耕耘，
徂隰徂畛。⁴　　　　前往洼地与小路。

侯主侯伯，⁵　　　　田主偕同长子来，

侯亚侯旅，⁶　　　　子弟后辈跟一路，

侯强侯以。⁷　　　　壮汉雇工握农锄。

有嗿其馌，⁸　　　　田间吃饭声音响，

1 载：开始。芟：除草。柞：砍伐树木。
2 泽泽：土松散的样子。泽，通"释"。
3 耦：两人一起耕种叫作耦。耘：除草。
4 徂：往。隰：低湿的地方。畛：田地间的小路。
5 侯：句首语气助词，相当于"维"。主：一家或一国之长，这里指家主。伯：
长子。
6 亚：第二，这里指老二老三等。旅：幼小晚辈。
7 强：强壮有余力的人。以：雇用。此指雇工。
8 嗿：众人吃东西的声音。馌：给在田间耕作的人送饭。

思媚其妇，⁹　　　　美丽温柔好姑娘，

有依其士。¹⁰　　　　年轻小伙真强壮。

有略其耜，¹¹　　　　犁头锋利闪锐光，
sì

俶载南亩。¹²　　　　开始耕田地向阳。
chù

播厥百谷，　　　　　百谷种子齐撒上，

实函斯活。¹³　　　　颗粒饱满有亮光。

驿驿其达，¹⁴　　　　芽儿破土生气旺，

有厌其杰。¹⁵　　　　壮苗先出头高扬。

厌厌其苗，¹⁶　　　　新苗嫩绿真漂亮，

绵绵其麃。¹⁷　　　　谷穗低垂随风扬。
biāo

载获济济，¹⁸　　　　果实累累收成好，

有实其积，¹⁹　　　　硕果成堆储满仓，

9 思：句首语气助词。媚：美好。

10 依：壮盛的样子。士：指强壮的小伙子。

11 略：形容犁头锋利的样子。耜：犁头。

12 俶：开始。载：翻草。南亩：向阳的田地。

13 实：种子。函：被泥土覆盖。活：生气勃勃的样子。

14 驿驿：接连不断的样子。达：出土，这里指禾苗破土而出。

15 厌：美好，这里用以形容禾苗苗壮的样子。杰：特出，指壮苗。

16 厌厌：禾苗茂盛的样子。

17 绵绵：茂密的样子。麃：《鲁诗》作"穮"，指谷穗上的芒。此指谷穗。

18 获：收获。济济：谷物众多的样子。

19 实：满。积：堆积。

万亿及秭。[20]　　　　亿万谷粮难计量。

为酒为醴，[21]　　　　新米酿酒杯千觞，

烝 畀祖妣，[22]　　　　献给祖先来品尝，

以洽百礼。[23]　　　　配合祭典齐献上。

有飶其香，[24]　　　　祭品美味飘其香，

邦家之光。　　　　　为我周邦添荣光。

有椒其馨，[25]　　　　椒酒进奉诚祭享，

胡考之宁。[26]　　　　祈佑老人享安康。

匪且有且，[27]　　　　并非此时才这样，

匪今斯今，　　　　　亦非今年始开创，

振古如兹。[28]　　　　自古就有这风尚。

20 万亿：周代以十千为万，以十万为亿，以十亿为秭。秭：古代数目名，十亿。
21 醴：甜酒。
22 烝：进献。畀：给予。祖妣：男女祖先。
23 洽：配合。百礼：祭祀典礼上的各种仪式。
24 飶：食物的香气。
25 椒：用椒浸泡酒，或以为指酒香醇厚。
26 胡考：老年人。宁：安康。
27 匪：非。且：此。
28 振古：自古。

这是周王籍田时祭祀社稷（土神、谷神）的乐歌。

农业是周民生存发展的根基，周天子对其格外重视。每年春耕时节，天子都要举行籍田礼，祭祀社稷神，亲劝农耕。

诗前四句描写的是开垦的情景：除草、砍树、松土，千万农人遍布田野各处，映入眼帘的是集体生产的画面。

接下来的六句写男女老少全体出动参加春耕。强壮的青年，温顺的妇女，耕作声，吃饭声，交汇成一幅生动的图景。

周朝实行的是以国有为名的贵族土地所有制，全部土地归周王所有，分配给庶民使用，领主不得买卖和转让土地，定时缴纳一定的贡赋，庶民们每年都要在领主的大田上进行集体耕种，这种土地分配制度在诗中也反映出来了。

第十一到十八句写播种百谷和谷物生长。庶民选取优良的种子，精耕细作，禾苗当然越长越茂，谷穗当然又沉又长，看着这生机勃勃的景象，人们心里充满了喜悦与期望，这是诗的第一部分。

诗的第二部分展望秋收，写谷物获丰，堆满粮仓，在丰收的喜悦中，人们用新粮酿造的美酒进献祖宗，报答神明，祝福老人，语中尽是自豪之情，举目尽是和乐之景。

本诗描写了从春耕到秋收的情景，涉及内容广，全面记录了周代的农事活动，生动反映了周代的农业生活，在极具文学价值的同时还具有很高的史料价值。

良耜
^{sì}

畟畟良耜，¹　　　　犁头锋利闪锐光，
^{cè cè}

俶载南亩。²　　　　开始耕田地向阳。
^{chù}

播厥百谷，　　　　　百谷种子齐撒上，

实函斯活。³　　　　颗粒饱满有亮光。

或来瞻女，⁴　　　　田头有人来探望，

载筐及筥，⁵　　　　背负圆篓手提筐，
^{jǔ}

其饷伊黍。⁶　　　　热乎饭菜里头装。

其笠伊纠，⁷　　　　戴上草编圆斗笠，

1 畟畟：形容犁头锋利快速入土的样子。耜：犁头。
2 俶：开始。载：翻草。南亩：向阳的田地。
3 实：种子。函：被泥土覆盖。活：生气勃勃的样子。
4 或来瞻女：有人来看你。女，通"汝"。
5 载：背。筐：盛物的方形竹筐。筥：盛物的圆形竹筐。
6 饷：这里指送来的饭食。伊：是。
7 笠：用竹篾或棕皮编制的遮阳挡雨的帽子。纠：缠绕，这里是编制的意思。

其铸斯赵，[8]
手握锄头来除草，

以薅荼蓼。[9]
杂草统统都铲掉。

荼蓼朽止，[10]
杂草腐烂在地里，

黍稷茂止。
庄稼生长更有利。

获之挃挃，[11]
锄头镰刀齐作响，

积之栗栗。[12]
庄稼堆积满谷场。

其崇如墉，[13]
谷堆高高像城墙，

其比如栉，[14]
鳞次栉比并排靠，

以开百室。[15]
欢天喜地开百仓。

8 铸：古代锄类农具。赵：锄地铲草。
9 薅：拔除。荼蓼：泛指田间的杂草。
10 朽：腐烂。止：语气助词。
11 挃挃：收割声。
12 栗栗：众多的样子。
13 崇：高。墉：城墙。
14 比：排列。栉：梳子和篦子的总称，比喻像梳齿那样密集排列着。
15 百室：众多粮仓。

百室盈止，	家中仓库堆满粮，
妇子宁止。[16]	妻儿子女把心放。
杀时犉牡，[17] chún	宰杀那头大公牛，
有捄其角。[18] qiú	一对牛角弯又长。
以似以续，[19]	不断祭祀福祉旺，
续古之人。[20]	继承先祖好风尚。

16 妇子：妇女和孩子。
17 时：此。犉牡：大公牛。
18 捄：角上方弯曲的样子。
19 似：通"嗣"，与"续"同义，继续。
20 古之人：指先祖。

这是周王秋收后祭祀社稷（土神、谷神）的诗，与前一篇《载芟》是姊妹篇，不过前篇侧重写春耕祭祀社稷神，而本篇侧重写秋收报答社稷神，《毛诗序》云："《载芟》，春籍田而祈社稷也。""《良耜》，秋报社稷也。"

诗的开头十二句写松土、耕地、播种、送饭、翻土、除草，应是回写春夏耕作的情景，以此引出下文对秋收的礼赞。第十三到十九这七句描写丰收的情景。挥镰收割，镰刀声此起彼伏，看着一筐又一筐运往谷场的粮食，人们干劲十足，此处仿佛能看到周民们挥汗如雨但笑容满面辛勤收割的场景。

望着那堆如城墙的粮食，妇女小孩都感到非常心安，这沉甸甸的粮食让他们放下了心中的秤砣，今年应是一个温饱之年。有什么比大获丰收更让人们高兴的呢？于是大伙喜气洋洋，开始隆重布置报答祖宗神灵的祭典。献上一头大公牛，向神明们虔诚祷告，祈求来年又是风调雨顺喜获丰收的好年成！

本诗以轻松明快的节奏开篇，又以喜悦绵长的节奏收尾，读之心旷神怡，犹如走进一幅古风浓郁的农耕图。

蓼

秂

稷

丝 衣

丝衣其紑，¹　　　　　　祭服洁白色彩鲜，

载弁俅俅。²　　　　　　头戴皮帽多恭谦。

自堂徂基，³　　　　　　从那庙堂到门槛，

自羊徂牛。　　　　　　　壮牛肥羊来进献。

鼐鼎及鼒，⁴　　　　　　大小鼎器勤清检，

兕觥其觩，⁵　　　　　　兕角酒杯曲且弯，

旨酒思柔。⁶　　　　　　酒浆柔和味甘甜。

不吴不敖，⁷　　　　　　轻声细语不傲慢，

胡考之休。⁸　　　　　　保佑长寿人心安。

1 丝衣：丝质祭服，这里指神尸所穿的白色丝衣。紑：洁白鲜明的样子。
2 载：通"戴"。弁：皮帽。俅俅：恭顺的样子。
3 基：通"畿"，门槛。
4 鼐：大鼎。鼒：小鼎。
5 兕觥：古代酒器，盖一般呈带角兽头形。觩：角上方弯曲的样子。
6 旨酒：美酒。思：语气助词。柔：指酒的口感绵柔。
7 吴：大声说话。敖：傲慢，骄慢。
8 胡考：长寿。休：吉祥。

这是一首绎祭乐歌。

《毛诗序》曰："《丝衣》，绎宾尸也。"郑玄笺云："绎，又祭（又祭者，今日祭，明日再祭，故曰又祭）也。天子诸侯曰绎，以祭之明日。卿大夫曰宾尸，与祭同日。"

古代祭祀有时进行两天，第一天是正祭，次日续祭称"绎祭"。按孔颖达的疏解，"绎宾尸"应该是第一日正祭接近尾声时，将神尸（古代祭祀时代死者受祭的人）从神位上请下来，再举行酬谢他的宴会活动。

诗首句写神尸的丝衣洁白鲜亮，用以衬托神尸的神圣与高洁。第二句描写神尸头戴皮制礼帽，神态温顺恭谦，侧面反映神尸扮演者不仅有高洁的外表，同时由内而外散发着神圣的美德。接下来描写宴会的摆设以及上呈的祭品，活动井然有序，有条不紊，宴会的气氛融洽温和，不吵不闹，一切都那么合乎礼仪。

酌

於铄王师，[1]　　　　王师英勇又辉煌，

遵养时晦。[2]　　　　攻破昏庸商纣王。

时纯熙矣，[3]　　　　光明形势喜来到，

是用大介。[4]　　　　殷勤辅佐助周王。

我龙受之，[5]　　　　我今有幸受天命，

蹻蹻王之造。[6]　　　英勇归功周武王。

载用有嗣，[7]　　　　先王功业有继承，

实维尔公允师。[8]　　周公召公守四方。

1 铄：通"烁"，光明辉煌。
2 遵：率领。养：攻破。晦：晦暝，晦暗。
3 纯：大。
4 是用：是以，因此。介：助，辅佐。
5 龙：通"宠"，荣宠，光荣。
6 蹻蹻：勇武的样子。造：成就。
7 嗣：继承。
8 公：指周公、召公。允：通"统"，统率。

这是《大武》乐章中的一章，歌颂周武王伐商之功以及周公、召公镇守天下的业绩。

　　此诗深奥难懂，极具古韵，传达着颂诗的普遍主题：美王侯，劝有功。

桓

绥万邦，[1]	安抚天下守四方，
娄丰年，[2]	连年丰收福气旺，
天命匪解。[3]	天命不懈行有常。
桓桓武王，[4]	武王威武又辉煌，
保有厥士，[5]	拥有英勇好兵将，
于以四方，[6]	用武天下定国邦，
克定厥家。[7]	周室安定永繁昌。
於^{wū}昭于天，[8]	功德无量呈上苍，
皇以间之。[9]	君临天下代商王。

1 绥：安定。万邦：指各诸侯国。
2 娄：通"屡"。
3 解：通"懈"，懈怠。
4 桓桓：威武的样子。
5 保：拥有。士：兵将。
6 于：于是。以：用。后面省略介词宾语"武力"。
7 克：能。家：指周王室。
8 於：感叹词，表示赞美之情。昭：光明，显耀。
9 皇：君王。间：代替。之：指商王。

这是歌颂武王定国安邦的诗。

周武王伐纣胜利后，周邦臣服，四方安定，风调雨顺，丰收连年，百姓安居乐业，举国上下皆是一派欣欣向荣之景，这让久经战乱的人们感到无比欣喜，无比满足，周王朝也自然成为民心所向。周王君临天下，威震四方，同时又安抚百姓，治国有方，这一切似乎都在预示周王乃天命所归。诗着重赞美武王英明威武，克定四方，齐家治国，光辉在天，表明武王自有上天庇佑，注定代商为王。

本篇文辞豪迈但风格典雅，节奏明快但气象威严，言语间有一股生机勃发之气，体现了周人的自足与自信。

赉[lài][1]

文王既勤止，[2]　　　　文王在位勤社稷，

我应受之。[3]　　　　　德业辉煌我承继。

敷时绎[yì]思，[4]　　　　拓展基业永不停，

我徂[cú]维求定。[5]　　　伐纣只求天下定。

时周之命，[6]　　　　　诸侯受封承周命，

於[wū]绎思。[7]　　　　　沐浴圣恩须牢记。

1 赉：赐予。
2 止：语气助词。
3 我：武王自称。
4 敷：布，拓展。时：是。绎：连续不断。思：语气助词。
5 徂：往。
6 时：承受。
7 於：感叹词。

这是周武王伐纣胜利后，于京祭祀文王、分封诸侯的诗。

文王一生勤勉，德业辉煌，武王致力于继承先父文德，拓展祖宗基业。为巩固统治，周王分封诸侯，也就是说诸侯受封乃周王恩赐，这就是"赉"的真正含义，周王希望诸侯牢记皇恩，安分守己，各司其职。

本诗语气诚恳，表现了武王的深谋远虑以及对诸侯的谆谆教诲。

般¹

pán

於皇时周，²　　　周朝壮丽又辉煌，
wū

陟其高山。³　　　登上高山放眼望，
zhì

隋山乔岳，⁴　　　大山小山绵延长，
duò

允犹翕河。⁵　　　沈沈合流水汤汤。
yǎn xī

敷天之下，⁶　　　普天之下诸侯王，

裒时之对，⁷　　　齐集此地助祭享，
póu

时周之命。⁸　　　大周受命永繁昌。

---

1 般：般乐，盛大的快乐。
2 於：感叹词，表示赞美之情。皇：辉煌，伟大。时：是。
3 陟：登上。
4 隋：狭长的山。乔岳：高山。
5 允：通"沇"，济水的别称。犹：通"沈"，河名。翕：合。
6 敷：通"溥"，普。
7 裒：聚集。对：配。
8 时：承受。

这是周武王祭祀山川、答谢神灵的诗。

武王伐纣胜利后，在班师回朝的途中祭祀山川，以答谢神灵。登上巍峨山顶，俯瞰壮丽河山，一股豪迈之气油然而生。如今战乱平息，天下安定，这自然是莫大的快乐，故而题曰"般"。

本诗虽篇幅短小，但气势宏大，场面壮阔，展示了周武王一统天下的雄伟气魄以及即将到来的新王朝的恢宏之势。

鲁颂

jiōng

駉

駉駉牡马，[1]	群马高大又健壮，
在坰之野。[2] jiōng	放牧遥远郊野上。
薄言駉者，[3]	要问都有什么马，
有驈有皇，[4] yù	驈马皇马色相杂，
有骊有黄，[5] lí	骊马纯黑黄马黄，
以车彭彭。[6]	用来驾车显更壮。
思无疆，	鲁公深谋又远虑，
思马斯臧。[7]	所饲马匹皆纯良。

1 駉：马肥壮的样子。
2 坰：离城远的郊野。
3 薄言：句首语气助词。
4 驈：股间白色的黑马。皇：毛色黄白相杂的马。
5 骊：纯黑色的马。黄：黄赤色的马。
6 以车：以之驾车。彭彭：强壮的样子。
7 思：句首语气助词。臧：善，好。

驷驷牡马，　　　　　　群马高大又健壮，

在坰之野。　　　　　　放牧遥远郊野上。

薄言驷者，　　　　　　要问都有什么马，

有骓有駓，[8]　　　　　骓马駓马毛带白，

有骍有骐，[9]　　　　　骍马赤黄骐青黑，

以车伾伾。[10]　　　　　用来驾车闯前方。

思无期，　　　　　　　鲁公谋虑无止息，

思马斯才。　　　　　　所饲马匹真优良。

驷驷牡马，　　　　　　群马高大又健壮，

在坰之野。　　　　　　放牧遥远郊野上。

薄言驷者，　　　　　　要问都有什么马，

有驒有骆，[11]　　　　　驒马青黑骆马白，

有骝有雒，[12]　　　　　骝马赤红雒马黑，

8 骓：青白杂色的马。駓：毛色黄白相杂的马。

9 骍：赤色的马。骐：有青黑色纹理的马。

10 伾伾：疾行有力的样子。

11 驒：毛色呈鳞状斑纹的青马。骆：黑鬣的白马。

12 骝：红身黑鬣的马。雒：白鬣的黑马。

以车绎绎。¹³

用来驾车真快当。

思无斁，¹⁴

鲁公思虑无倦怠，

思马斯作。

所饲马匹精神旺。

駉駉牡马，

群马高大又健壮，

在坰之野。

放牧遥远郊野上。

薄言駉者，

要问都有什么马，

有骃有騢，¹⁵

骃马灰白騢赤红，

有驒有鱼，¹⁶

驒马黑黄鱼眼白，

以车祛祛。¹⁷

用来驾车真强壮。

思无邪，

鲁公计谋无偏颇，

思马斯徂。

所饲马匹跑四方。

13 绎绎：跑得快的样子。
14 斁：倦怠。
15 骃：浅黑杂白的马。騢：毛色赤白相杂的马。
16 驒：黄色脊毛的黑马。鱼：两眼周围长有白毛的马。
17 祛祛：强壮的样子。

馬

本诗通过写马来赞颂鲁僖公乐育贤才、治国有方。

诗描写了各种各样的马，这些马儿高大健壮，品种纯良，奔驰于广阔的原野，这万马奔腾之势犹如僖公治理下的鲁国。

在古代，国家军事力量的强弱直接反映在兵车数量上，兵车需要马匹拉动，所以国力强弱和马匹数量密切相关，各国对马政都十分重视，故而大国素有"千乘之国"的称号。

从诗的叙述来看，鲁僖公十分重视养马，并且将马群牧于郊野，不占田地，无碍农业生产，百姓对此赞不绝口。同时，马历来又是人才的象征，鲁国马匹种类丰富，品种纯良，也就意味着鲁国人才济济，贤才辈出。

《毛诗序》云："《駉》，颂僖公也。僖公能遵伯禽之法，俭以足用，宽以爱民，务农重谷，牧于坰野，鲁人尊之。于是季孙行父请命于周，而史克作是颂。"郑笺云："季孙行父，季文子也。史克，鲁史也。"诗中以"思无疆""思无期""思无斁""思无邪"来反复赞美鲁僖公，再现了僖公深谋远虑、谋无止息、毫不倦怠、计无偏颇的英明形象。

本诗开篇描写群马奔驰于广阔无边的原野，生机勃勃，气象恢宏，而对马具体形象的描绘既生动又传神，虽然所写之马品种众多，但丝毫不显枯燥烦琐，呈现出流畅自然之态，可见叙述技巧纯熟，境界高远。

诗篇中描写的马品种丰富，有些马的名称甚至闻所未闻，无怪乎孔子曰："《诗》可以兴，可以观，可以群，可以怨，迩之事父，远之事君，多识于鸟兽草木之名。"

有 駜

有駜有駜，[1]　　　　　　马儿高大又肥壮，

駜彼乘黄。[2]　　　　　　四匹拉车毛发黄。

夙夜在公，[3]　　　　　　早晚出入于公堂，

在公明明。[4]　　　　　　政务繁多事儿忙。

振振鹭，[5]　　　　　　　白鹭群飞展翅翔，

鹭于下。[6]　　　　　　　俯身降落水泽旁。

鼓咽咽，[7]　　　　　　　鼓声咚咚齐作响，

醉言舞。[8]　　　　　　　乘醉而舞身姿晃。

于胥乐兮。[9]　　　　　　满座宾客多欢畅。

1 駜：马肥壮强健的样子。
2 乘黄：驾车的四匹黄马。古代四马一车为一乘。
3 夙夜在公：意思是早晚忙于公家之事。公，官府，公堂。
4 明明：犹勉勉，勤勉的样子。
5 振振：群飞的样子。鹭：白鹭。古人常用白鹭的羽毛做成舞具。
6 鹭于下：白鹭飞翔而下。
7 咽咽：形容有节奏的鼓声。
8 醉言舞：酒醉而起舞。言，相当于"而"。
9 于：通"吁"，感叹词。胥：全，都。

有驳有驳，　　　　　　马儿高大又肥壮，

驳彼乘牡。[10]　　　　　公马拉车气势强。

夙夜在公，　　　　　　早晚出入于公堂，

在公饮酒。　　　　　　办完公事饮酒浆。

振振鹭，　　　　　　　白鹭群飞展翅翔，

鹭于飞。　　　　　　　盘旋空中扶摇上。

鼓咽咽，　　　　　　　鼓声咚咚齐作响，

醉言归。　　　　　　　乘醉而舞身姿晃。

于胥乐兮。　　　　　　满座宾客多欢畅。

10 乘牡：驾车的四匹公马。

有驱有驱，　　　　　　　马儿高大又肥壮，

驱彼乘骃。¹¹　　　　黑马拉车气昂昂。

夙夜在公，　　　　　　　早晚出入于公堂，

在公载燕。¹²　　　　办完公事饮欢畅。

自今以始，¹³　　　　现在开始来计量，

岁其有。¹⁴　　　　　年年丰收好景象。

君子有穀，¹⁵　　　　君子有德福气旺，

诒孙子。¹⁶　　　　　泽被后代享安康。

于胥乐兮。　　　　　　　满座宾客多欢畅。

11 骃：青黑色的马。
12 载：则。燕：同"宴"。
13 自今以始：从现在开始。以，而。
14 岁其有：年年都有丰收。有，丰收。
15 穀：善。
16 诒：留。孙子：即子孙。

这是写鲁僖公宴饮群臣的诗。

此诗由三幅生动热闹的君臣宴饮图组合而成，其间醉酒起舞、君臣狂欢的场面在颂诗中是比较少见的。

诗开头两句写车马繁忙，意在引出"夙夜在公，在公明明"。原来，马车奔跑不停是因为臣僚们每天忙于公务，频繁地奔波于家里与官府之间。为了犒劳群臣辛苦为公，鲁僖公邀请他们一同宴饮。

宴会上，手持鹭羽的舞者翩然而至，给整个宴会增添了不少欢乐。鼓声咚咚，这振奋人心的节奏让醉酒的人们忘情起舞，全然忘却了平日的礼节与束缚，整个宴会的气氛也在君臣狂欢中走向高潮，这是第一幅图所呈现的情景。

鼓声渐息，悠远绵长，舞者们飘然散去，宴会在一片欢声笑语中接近尾声，臣僚们身姿踉跄，陆续归家，这是第二幅图呈现的情景。

当然，这并不仅仅是一次君臣宴饮，还是一场祭祀活动，祈颂年年都有好收成，祝福子孙后代永享安康，这是第三幅图呈现的情景。

从此诗可以看出，鲁僖公不仅善用人才，同时优待臣僚，颇能凝聚人心。

泮 水

思乐泮水，¹

泮水那边喜洋洋，

薄采其芹。²

芹菜繁多采摘忙。

鲁侯戾止，³

鲁侯即将要来到，

言观其旂。⁴

旗上绣纹挂铃铛。

其旂茷茷，⁵

龙旗飘飘迎风扬，

鸾声哕哕。⁶

銮铃叮当齐作响。

无小无大，⁷

不论小官与大官，

从公于迈。⁸

跟随鲁公向前闯。

1 思：句首语气助词。泮水：鲁国水名。或以为古代学宫前的水池，形状如半月。
2 薄：句首语气助词。芹：菜名，一年或二年生草本植物，茎可食，亦称水芹。古代常用来比喻贡士或有才学之士。
3 鲁侯：即鲁僖公。戾：临，至。止：语气助词。
4 言：句首语气助词。旂：画有交龙并杆头挂有铜铃的旗子。
5 茷茷：旗帜飘扬的样子。
6 鸾：古代一种车铃。哕哕：有节奏的铃声。
7 无小无大：指官职不论大小。
8 迈：行走。

芹

思乐泮水，　　　　　　　泮水那边喜洋洋，

薄采其藻。[9]　　　　　　水藻繁多采摘忙。

鲁侯戻止，　　　　　　　鲁侯即将要来到，

其马蹻蹻。[10]　　　　　　他的马儿真强壮。
　jiǎo jiǎo

其马蹻蹻，　　　　　　　他的马儿真强壮，

其音昭昭。[11]　　　　　　他的声音高又响。

载色载笑，[12]　　　　　　面色温和脸带笑，

匪怒伊教。[13]　　　　　　从不发怒只宣教。

思乐泮水，　　　　　　　泮水那边喜洋洋，

薄采其茆。[14]　　　　　　莼菜繁多采摘忙。
　mǎo

鲁侯戻止，　　　　　　　鲁侯即将要来到，

在泮饮酒。　　　　　　　泮水旁边饮酒浆。

9 藻：水草名，即芹藻。

10 蹻蹻：勇武的样子。

11 其音：指鲁僖公说话的声音。昭昭：指声音明快爽朗。

12 载色载笑：又谈又笑。载，又。色，指表情和悦。

13 匪：非。伊：是。教：教导。

14 茆：即莼菜，多年生水草植物，叶片椭圆形，浮水面，茎上和叶的背面有黏液，花暗红色，嫩叶可做汤菜。

既饮旨酒，[15]	美酒醇香饮欢畅，
永锡难老。[16]	天赐福祉寿无疆。
顺彼长道，[17]	沿着漫漫长征道，
屈此群丑。[18]	制伏淮夷定国邦。

穆穆鲁侯，[19]	鲁侯恭敬又端庄，
敬明其德。[20]	德行仁厚不张扬。
敬慎威仪，[21]	严肃谨慎威严貌，
维民之则。[22]	为民做个好榜样。
允文允武，[23]	文武兼备人称道，
昭假烈祖。[24]	功德能及众先皇。
靡有不孝，[25]	效法祖先万事畅，

15 旨酒：美酒。
16 永：长。锡：赐予。难老：不容易老，即长寿。
17 顺：遵循。长道：正道。
18 屈：制伏。群丑：指淮夷，为古代居于淮河流域的部族。
19 穆穆：端庄恭敬的样子。
20 敬明其德：努力谨慎修养美德。敬，努力。
21 敬慎威仪：指举止谨慎有威仪。
22 则：典范。
23 允文允武：文武兼备。允，确实。
24 昭：光明，显著。假：通"格"，至。
25 孝：通"效"，效法。

自求伊祜。[26]　　　　　求得上天降福祥。

明明鲁侯，[27]　　　　　鲁侯勤勉公事忙，

克明其德。　　　　　　能修品行德显扬。

既作泮宫，　　　　　　修建宫殿泮水旁，

淮夷攸服。[28]　　　　　淮夷纷纷来归降。

矫矫虎臣，[29]　　　　　三军将帅真勇壮，

在泮献馘。[30]　　　　　泮宫献耳把功报。

淑问如皋陶，[31]　　　　法官善断如皋陶，

在泮献囚。[32]　　　　　泮宫献俘审问详。

济济多士，　　　　　　人才济济多贤良，

克广德心。[33]　　　　　鲁侯仁德广颂扬。

26 祜：福。

27 明明：犹勉勉，勤勉的样子。

28 攸：语气助词。

29 矫矫：勇武的样子。虎臣：指猛将。

30 馘：古代战争中割取敌人的左耳以计数献功。

31 淑：善。皋陶：传说虞舜时的司法官，据说特别善于断案。

32 囚：指俘虏。

33 广：发扬。

茆

桓桓于征，³⁴　　　　军队威武去征讨，

狄彼东南。³⁵　　　　制伏敌人东南方。

烝烝皇皇，³⁶　　　　军队浩大气势壮，

不吴不扬。³⁷　　　　无人喧哗无人嚷。

不告于讻，³⁸　　　　无人争辩无人吵，

在泮献功。　　　　泮水宫中战功报。

角弓其觩，³⁹　　　　角弓弯弯退战场，

束矢其搜。⁴⁰　　　　束束利箭捆扎好。

戎车孔博，⁴¹　　　　作战兵车真宽敞，

徒御无斁。⁴²　　　　步兵驭手不疲劳。

既克淮夷，　　　　东南淮夷已攻克，

34 桓桓：威武的样子。

35 狄：通"剔"，剪除，制伏。东南：指居住在东南的淮夷。

36 烝烝：兴盛的样子。皇皇：庄严浩大的样子。

37 吴：大声说话。扬：高声。

38 不告于讻：不会因争相邀功而相互争吵。讻，争辩。

39 角弓：用兽角装饰的弓。觩：角上方弯曲的样子。

40 束矢：一束箭。五十支为一束。搜：多。

41 戎车：战车。孔：很。博：宽大。

42 徒：指步卒。御：指驾车的人。斁：疲惫，倦怠。

桑

孔淑不逆。[43]　　　投诚归顺不叛逃。

式固尔犹，[44]　　　坚持计谋难不倒，

淮夷卒获。[45]　　　淮夷终将被扫荡。

翩彼飞鸮，[46]　　　鹞鹰翩飞高空翔，
（xiāo）

集于泮林。　　　栖落泮水树林上。

食我桑黮，[47]　　　吃罢桑葚不远逃，
（shèn）

怀我好音。[48]　　　回报我们把歌唱。

憬彼淮夷，[49]　　　想那淮夷醒悟早，

来献其琛。[50]　　　献上珍宝表衷肠。
（chēn）

元龟象齿，[51]　　　大龟象牙真不少，

大赂南金。[52]　　　金银财宝来呈上。

43 逆：反叛。

44 式：句首语气助词。固：坚持。犹：通"猷"，计谋，谋划。

45 淮夷卒获：淮夷最终被击倒。

46 鸮：指鹞鹰。

47 黮：通"葚"，桑果。

48 怀：回馈。好音：美妙的歌声。

49 憬：醒悟。

50 琛：珍宝。

51 元龟：大龟，古代用于占卜。

52 赂：赠送财物。南金：产自南方的黄金。

这是赞美鲁僖公文德武功的诗。

诗并没有一开始就描写鲁侯，而是以龙旗高扬，銮铃阵阵，百官拥随的威严场面暗示鲁侯的到来，也正是因为他的光临，泮水岸边才会如此快乐热闹。

诗的第二章正式描写鲁侯来临的情景，他的乘马肥壮强健，声音洪亮有力，从这里侧面烘托鲁国兵强马壮，君侯气势威仪。然而，正是这位威仪赫赫的尊贵国君，此时满脸春风，面容和蔼，没有怒颜，只是柔和宣教，鲁侯文德初步显露。

第三章写君臣畅饮美酒，欢庆鲁侯征服淮夷，此乃歌颂鲁侯武功。

第四、五章热情赞美鲁侯端庄谨慎、勤奋不懈、德行远播、为民楷模，他能文能武，效法先人，修明德行，攻克叛乱，故祖宗神灵赐福无疆，永葆吉祥。

第六、七章写鲁国军队在英勇征讨、清除叛乱的过程中也能发扬鲁侯的仁德之心。他们军容整齐，不骄不躁，既不高谈阔论也不争相邀功，他们坚持不懈，严格遵守鲁侯的决策，淮夷被攻克后虔诚归降，温顺投诚，此乃以文德训化敌人的结果。

最后一章写淮夷归顺后的表现。诗中以鸮鹰比喻淮夷，他们虽然是凶狠的恶鸟，如今却成群降落泮水树林，他们曾啄食我们的桑葚，此时却为我们带来美妙的音乐，淮夷在鲁侯的教化下，幡然觉悟，献来珠宝特产以报盛恩。

本诗所写之事多为想象之辞，但不能否认，此诗结构严谨，条理清晰，叙述流畅，文采飞扬，洋洋洒洒，气势浩荡，艺术成就很高。

閟宫

bì

閟宫有侐，¹	女祖神庙肃穆清静，

閟宫有侐，¹　　　　女祖神庙肃穆清静，

实实枚枚。²　　　　殿堂高大雕刻细密。

赫赫姜嫄，³　　　　圣母姜嫄显赫无比，

其德不回。⁴　　　　品性纯正德行专一。

上帝是依，⁵　　　　上天庇佑下赐福祉，

无灾无害。　　　　无痛无害灾祸未至。

弥月不迟，⁶　　　　怀胎十月不曾延迟，

是生后稷。　　　　顺利产下先祖后稷。

---

1 閟宫：这里指供奉周朝始祖后稷生母姜嫄的神庙。侐：清静的样子。
2 实实：广大的样子。枚枚：细密的样子。
3 赫赫：光明显耀。姜嫄：周人始祖后稷的生母，帝喾的妻子，传说她在郊野履
大人足迹怀孕而生后稷。
4 不回：指姜嫄德行纯正。回，邪，不正。
5 依：助。
6 弥月：满月，指怀胎十月期满而生子。

降之百福，	上天赐予各种福气，
黍稷重穋，^{tóng lù}⁷	早熟晚熟黍稷不一，
稙稚菽麦。^{zhī zhì shū}⁸	早种晚种豆麦有异。
奄有下国，⁹	坐拥天下四海归一，
俾民稼穑。¹⁰	百姓耕种皆赋农艺。
有稷有黍，	稷子黄黍满野遍地，
有稻有秬。^{jù}¹¹	稻子黑黍种植有力。
奄有下土，¹²	拥有天下各国土地，
缵禹之绪。^{zuǎn}¹³	继承大禹辉煌功绩。
后稷之孙，	后稷有位后代子孙，
实维大王。¹⁴	正是周朝先君太王。

7 重：通"穜"，先种后熟的谷物。穋：同"稑"，后种先熟的谷物。

8 稙：庄稼种得早或成熟得早。稚：庄稼种得晚或成熟得晚。菽：豆类作物。

9 奄：尽，遍。下国：天下。

10 俾：使。稼穑：农事的总称。春耕为稼，秋收为穑，即播种与收获，泛指农业劳动。

11 秬：黑黍。

12 下土：天下。

13 缵：继承。绪：功业。

14 大王：太王，指周文王的祖父古公亶父，武王克商后追尊为太王。

居岐之阳，¹⁵　　　　迁居来到岐山之阳，

实始翦商。¹⁶　　　　就此筹划铲除殷商。

至于文武，　　　　　　时间推至文王武王，

缵大王之绪。　　　　　继承太王未了理想。

致天之届，¹⁷　　　　秉承天命出兵讨伐，

于牧之野。¹⁸　　　　牧野远郊一战克商。

无贰无虞，¹⁹　　　　专志一心没有过错，

上帝临女。²⁰　　　　上天自会赐予吉祥。

敦商之旅，²¹　　　　大军出征治服殷商，

克咸厥功。²²　　　　完成大业功呈上苍。

王曰叔父，²³　　　　成王说道尊敬叔父，

建尔元子，²⁴　　　　请立长子伯禽为王，

15 居岐之阳：古公迁居岐山之下，在岐山南面建立周城。岐，山名，在今陕西
省。
16 翦：除掉。
17 致：奉行。届：征伐。
18 牧之野：即牧野，在今河南淇县西南。
19 贰：二心。虞：过失。
20 临：临视，保佑。
21 敦：治服。
22 咸：完成。
23 王：指周成王。叔父：指周公旦。
24 建：立。元子：长子，指周公长子伯禽。

俾侯于鲁。	封于鲁国贵为君长。
大启尔宇,[25]	大力发展开土扩疆,
为周室辅。	镇守东方辅佐周王。
乃命鲁公,	伯禽承命封为鲁公,
俾侯于东。	建立侯国周朝之东。
锡之山川,[26]	赐他广阔山川土地,
土田附庸。[27]	更有小国作为附庸。
周公之孙,[28]	周公后代而今鲁侯,
庄公之子。[29]	庄公之子而今僖公。
龙旂承祀,[30]	龙旗之下主持祭祀,
六辔耳耳。[31]	六条缰绳手中挥动。

25 启：开辟。宇：疆土。
26 锡：赐予。
27 附庸：附属小国。
28 周公之孙：指鲁僖公。
29 庄公：指鲁庄公，鲁僖公的父亲。
30 龙旂：画有交龙并杆头挂有铜铃的旗子。在古代，此乃诸侯之旗，举行祭祀活动的时候用这种旗。
31 六辔：古代一车四马，马各二辔，其两边骖马之内辔系于轼前，驭者只执六辔。辔，马缰绳。耳耳：众盛的样子。

春秋匪解，[32]　　　春秋大祭不敢懈怠，

享祀不忒。[33]　　　未有差池祭祀慎重。

皇皇后帝，[34]　　　天帝在上光明辉煌，

皇祖后稷。　　　　始祖后稷英明神通。

享以骍牺，[35]　　　赤色公牛虔诚进贡，

是飨是宜。[36]　　　开怀畅饮尽情享用。

降福既多，　　　　幸福吉祥蒙天盛宠，

周公皇祖，　　　　伟大光明先祖周公，

亦其福女。[37]　　　也将佑你福运昌隆。

秋而载尝，[38]　　　秋天行祭是名为尝，

夏而楅衡。[39]　　　夏天设栏把牛饲养。

32 解：通"懈"，懈怠。
33 忒：差错。
34 皇皇：光明的样子。后帝：天帝。
35 骍牺：祭祀用的赤色的牺牲。骍，赤色。
36 飨：用酒食祭神。宜：列俎几陈牲以祭。
37 女：通"汝"。
38 尝：秋祭名。
39 楅衡：加在牛角上的横木。用以防止损伤牛角。

白牡骍刚，[40]   白猪赤牛虔诚献上，

牺尊将将。[41]   牺牛酒杯撞声锵锵。

毛炰胾羹，[42]   生烤小猪熬制肉汤，
<small>páo zì</small>

笾豆大房。[43]   盛满笾豆装入大房。
<small>biān</small>

万舞洋洋，[44]   场面盛大万舞洋洋，

孝孙有庆。[45]   贤孝子孙承天福疆。

俾尔炽而昌，[46]   让你永享兴旺富强，

俾尔寿而臧。[47]   让你永葆长寿安康。

保彼东方，   神灵保佑东方国邦，

鲁邦是常。[48]   鲁国江山地久天长。

不亏不崩，   既不亏损也不崩塌，

---

40 白牡：白色公猪。骍刚：赤色公牛。

41 牺尊：古代酒器。作牺牛形，背上开孔以盛酒。将将：同"锵锵"，形容金属碰撞发出的声音。

42 毛炰：将牲畜连毛投置火中去毛烤炙致熟，这里指烤熟的小猪。胾羹：肉汤。

43 笾豆：古代祭祀及宴会时常用的两种礼器。竹制为笾，木制为豆。大房：古代祭祀时盛牲畜的用具。

44 万舞：古代的舞名。先是武舞，舞者手拿兵器；后是文舞，舞者手拿鸟羽和乐器。

45 孝孙：指僖公。

46 炽：盛。

47 臧：善，好。

48 常：恒常，有永守的意思。

不震不腾。⁴⁹　　　　　既不翻腾也不动荡。

三寿作朋，⁵⁰　　　　　三寿比并齐作友朋，

如冈如陵。　　　　　巍峨绵延犹如山冈。

公车千乘，　　　　　鲁公拥有兵车千乘，

朱英绿縢，⁵¹　　　　　矛有红缨弓有绿绳，

二矛重弓。⁵²　　　　　士兵齐配二矛二弓。

公徒三万，⁵³　　　　　鲁公拥有步卒三万，

贝胄朱綬，⁵⁴　　　　　头盔饰贝红线相缝，

烝徒增增。⁵⁵　　　　　大军密密奋勇前冲。

戎狄是膺，⁵⁶　　　　　狄戎受击损失惨重，

荆舒是惩，⁵⁷　　　　　荆舒小国也将严惩，

49 震：震动。腾：动荡。

50 三寿：指上寿、中寿、下寿。古时候称上寿百二十岁，中寿百岁，下寿八十。

51 朱英：装饰在矛上的红缨。绿縢：束弓套用的绿绳。

52 二矛：古代战车上一长一短的两支矛，用于不同距离的交锋。重弓：士兵携带的两张弓，一张为常用，一张为备用。

53 徒：步卒。

54 贝胄：镶有贝壳的头盔。朱綬：红线。

55 烝：众。增增：众多的样子。

56 膺：讨伐，打击。

57 荆：楚的别称。舒：楚的属国。

则莫我敢承。⁵⁸　　　　　　有谁胆敢上前交锋。

俾尔昌而炽，　　　　　　让你国家永远昌盛，

俾尔寿而富。　　　　　　让你长寿永远富兴。

黄发台背，⁵⁹　　　　　　白发变黄背上生纹，

寿胥与试。⁶⁰　　　　　　长寿无比人中龙凤。

俾尔昌而大，　　　　　　让你强大而又昌盛，

俾尔耆而艾。⁶¹　　　　　让你长寿有如青松。

万有千岁，⁶²　　　　　　千岁万岁仙寿永恒，

眉寿无有害。　　　　　　长寿无害永享天恩。

泰山岩岩，⁶³　　　　　　泰山巍峨雄伟高耸，

鲁邦所詹。⁶⁴　　　　　　鲁国百姓瞻仰尊崇。

奄有龟蒙，⁶⁵　　　　　　我们拥有龟山蒙山，

58 承：抵挡。

59 黄发台背：指长寿的老人。黄发，指老年人头发由白转黄。台背，指老年人背上生斑纹如鲐鱼背。台，通"鲐"。

60 胥：相。试：比。

61 耆、艾：指老年长寿。

62 有：又。

63 岩岩：高大，高耸。

64 詹：通"瞻"，瞻仰。

65 龟蒙：二山名。龟山在今山东新泰市西南，蒙山在今山东平邑县东北。

貝

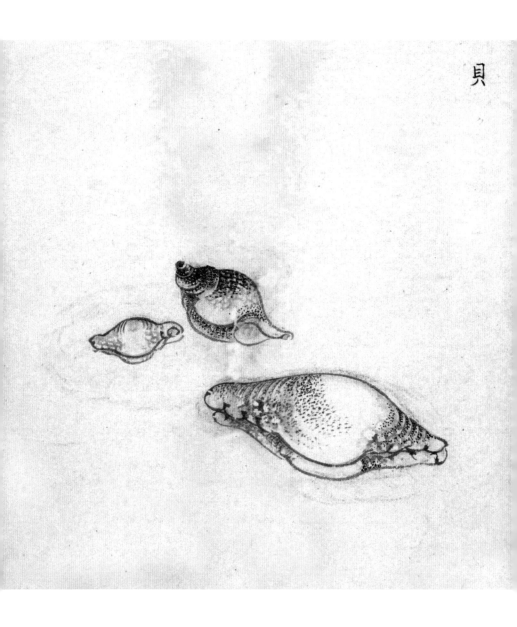

遂荒大东。⁶⁶　　　　疆土到达周朝极东。

至于海邦，⁶⁷　　　　沿海诸邦皆为附庸，

淮夷来同。⁶⁸　　　　淮夷纷纷前来会同。

莫不率从，　　　　　无人胆敢不相顺从，

鲁侯之功。　　　　　都是鲁侯治理有功。

保有凫绎，⁶⁹　　　　鲁国拥有凫山绎山，

遂荒徐宅。⁷⁰　　　　徐戎居地为我所有。

至于海邦，　　　　　沿海小邦对鲁俯首，

淮夷蛮貊^{mò}。⁷¹　　　东南淮夷治理不愁。

及彼南夷，⁷²　　　　南方蛮夷臣服我国，

莫不率从。　　　　　竞相顺从前来相投。

莫敢不诺，⁷³　　　　来人无不喏声称诺，

66 荒：有。
67 海邦：指鲁国东边的近海小国。
68 同：会同。
69 凫绎：二山名。凫山在今山东邹城市西南。绎山在今山东邹城市东南。
70 徐宅：古代徐戎所居之地，指徐国。在今淮河中下游。
71 蛮貊：指东南方的少数民族。
72 南夷：南方少数民族或者南方边远地区。
73 诺：顺从。

鲁侯是若。[74]	有谁胆敢叛逆鲁侯。
天锡公纯嘏，[75]	天赐鲁公大吉大祥，
眉寿保鲁。	健康长寿保有鲁邦。
居常与许，[76]	居住本国常地许地，
复周公之宇。[77]	恢复周公原有封疆。
鲁侯燕喜，[78]	鲁侯设宴欢庆吉祥，
令妻寿母，[79]	贤妻寿母也将到场，
宜大夫庶士，[80]	君主群臣喜气洋洋，
邦国是有。[81]	鲁国保有兴旺安康。
既多受祉，	承蒙上天无限福祥，
黄发儿齿。[82]	白发转黄牙齿新长。

74 若：顺从。
75 嘏：福。
76 常、许：鲁国二地名。
77 宇：疆域。
78 燕喜：宴饮喜乐。
79 令：美好，善。
80 宜：善。
81 有：保有。
82 儿齿：老人牙齿掉落后又生新牙，象征年老长寿。

徂来之松，[83]	徂徕山上青松蓊蓊，
新甫之柏。[84]	新甫山头翠柏苍苍。
是断是度，[85] duó	砍下大木将其劈开，
是寻是尺。[86]	几寻几尺细心丈量。
松桷有舄，[87] jué xì	松树做椽又粗又壮，
路寝孔硕。[88]	殿堂宽敞气势辉煌。
新庙奕奕，[89]	新庙雄伟大放光芒，
奚斯所作。[90]	奚斯作诗为其颂扬。
孔曼且硕，[91]	内容丰富篇幅又长，
万民是若。[92]	顺应民意万人景仰。

83 徂来：即徂徕山，在今山东省泰安市东南。

84 新甫：山名，坐落泰山旁。

85 度：通"剫"，砍伐。

86 寻、尺：均为古代的长度单位，一寻等于八尺。寻、尺在这里皆用作动词。

87 桷：方形的椽子。舄：大。

88 路寝：古代天子、诸侯的正厅。

89 奕奕：高大的样子。

90 奚斯：鲁国大夫。

91 曼：长。

92 若：顺。

这是歌颂鲁僖公文德功业的诗，作者是与鲁僖公同时的公子奚斯（亦名公子鱼）。宫，是僖公新修的供奉先祖的神庙，它成为了诗人赞美僖公的窗口，同时又是诗人寄寓希望的依托。

诗人首先从庙中供奉的先祖说起，对周民族史上的几个重要人物进行逐一叙述。姜嫄德行纯正，承天之佑而生后稷，后稷培育谷物，授人农艺，以养万民，功德显著；后稷嫡孙，古公亶父，迁岐山之南而建周城，文王武王发扬其传统，克服殷商，一统天下。于是成王命叔父周公择立长子，封于鲁地，开阔疆土，辅佐周朝，这就是鲁国的由来。

诗人追溯周业之所成、鲁国之所封，意在表明鲁侯与周王同祖同宗，乃周王室的正脉，而鲁国则是诸侯中最尊荣的大国。

层层铺垫与夸饰之后，诗人便着重从祭祀与武功两个方面对鲁侯不遗余力地夸赞，歌颂其恢复旧业的成就。

鲁国至僖公时代逐渐衰弱，失去往日诸侯中第一大国的尊荣，但僖公恢复礼制，收复失地，鲁国威望有了一定的提升。

僖公的功业深受鲁国人民称颂，而他新修宫供奉先祖之举尤其触动了周公后裔的感情，此诗也就成为他们表白内心的必然之作。

本诗乃鸿篇巨制，是《诗经》中最长的一篇，结构完整，脉络清晰，叙述有条不紊，声势浩大，不仅承载了诗人充沛的感情，同时表达了一个衰落宗族对过往辉煌的追忆与迷恋，寄托了鲁国人民复兴旧业、重塑辉煌的强烈愿望。

商颂

那

猗与那与，¹

多盛大啊多美好，

置我鞉鼓。²（táo）

竖立摇鼓在堂上。

奏鼓简简，³

鼓声奏起声音响，

衎我烈祖。⁴（kàn）

令我先祖多欢畅。

汤孙奏假，⁵

商汤后代祈上苍，

绥我思成。⁶

赐我太平民安康。

鞉鼓渊渊，⁷

摇鼓声声其作响，

嘒嘒管声。⁸（huì huì）

管乐之声真清亮。

1 猗、那：均为美好盛大的样子。与：同"欤"，叹词。

2 置：通"植"，竖立。鞉鼓：两旁缀耳的小鼓，执柄摇动时两耳击鼓发声。

3 简简：形容鼓声洪大。

4 衎：快乐。烈祖：建功立业的先祖，古代多称开基创业的帝王。这里指商汤。

5 汤孙：商汤之孙。奏假：祭祀祈神。

6 绥：赐予。思：语气助词。成：太平的意思。

7 渊渊：鼓声。

8 嘒嘒：拟声词，形容清亮的声音。

既和且平，　　　　　曲调和谐且平正，

依我磬声。⁹　　　　　磬声一响众乐消。

於赫汤孙，¹⁰　　　　　商汤后代真显赫，

穆穆厥声。¹¹　　　　　乐队和美又端庄。

庸鼓有斁，¹²　　　　　钟鼓齐鸣声铿锵，

万舞有奕。¹³　　　　　万舞盛大又浩荡。

我有嘉客，¹⁴　　　　　众多宾客远来到，

亦不夷怿。¹⁵　　　　　欢乐喜庆聚一堂。

9 依：跟随。磬：古代一种打击乐器，用玉、石制成，可悬挂。

10 於：感叹词。赫：显耀。

11 穆穆：和美的样子。

12 庸：通"镛"，大钟。斁：形容乐声盛大的样子。

13 万舞：古代的舞名。先是武舞，舞者手拿兵器；后是文舞，舞者手拿鸟羽和
乐器。有奕：即奕奕，盛大美好的样子。

14 嘉客：指前来助祭的诸侯。

15 夷怿：愉快，喜悦。

自古在昔，　　　　　上溯前代至远古，

先民有作。　　　　　先民就有此风尚。

温恭朝夕，[16]　　　　早晚恭敬性温良，

执事有恪。[17]　　　　处事谨慎有规章。

顾予烝尝，[18]　　　　秋冬二祭请赏光，

汤孙之将。[19]　　　　商汤后代诚祭飨。

16 温恭：温和恭敬。

17 执事：做事。恪：恭敬，谨慎。

18 顾：光顾。烝尝：秋冬二祭，冬祭为烝，秋祭为尝。

19 将：祭飨，奉献。

这是殷商后代祭祀先祖成汤的乐歌。

《毛诗序》云："《那》，祀成汤也。微子至于戴公，其间礼乐废坏，有正考甫（即正考父）得《商颂》十二篇于周之大师，以《那》为首。"殷商后裔宋大夫正考父得到了以《那》为首的《商颂》，请周司乐大师考校，后经孔子删定为今存的《那》《烈祖》《玄鸟》《长发》《殷武》五篇，这五篇都是殷商后裔祭祀先祖的颂歌。

本篇是祭祀成汤，着重表现音乐歌舞。诗中出现了鞉鼓、管、磬、镛四种不同的乐器，描写了鼓声、管声、磬声等各种不同的乐声，诗人巧妙地以"简简""渊渊""嘒嘒""穆穆"这些叠声词将不同的乐声描绘得丝丝入扣，同时又将它们有机地融会在一起，既再现了乐声的此起彼伏之势，又给人以曲调和谐之美感。

乐声齐鸣，在隆隆的镛鼓声中万舞洋洋，整个祭祀场面声势浩大且井然有序，乐舞表演一气呵成。乐声"既和且平"，祭者"温恭朝夕"，前后呼应，诗意连贯，成一体之势。

此外，本诗出现了鞉鼓、管、磬、镛等乐器，以及应乐而来的祭祀舞蹈——万舞，这对研究古代音乐、舞蹈史颇有史料价值。

烈 祖

嗟嗟烈祖，[1]　　　　　　伟大先祖功业辉煌，

有秩斯祜。[2]　　　　　　大吉大利天降福祥。

申锡无疆，[3]　　　　　　反复赏赐恩泽无限，

及尔斯所。[4]　　　　　　福禄遍及后世封疆。

既载清酤，[5]　　　　　　祭祀祖宗清酒呈上，
　　　　gū

赉我思成。[6]　　　　　　赐予我们幸福安康。
　　lài

亦有和羹，[7]　　　　　　精心调制美味肉汤，

既戒既平。[8]　　　　　　五味齐备口味适当。

1 嗟嗟：叹词，表示赞美。烈祖：建功立业的先祖。
2 有秩：即秩秩，形容福大的样子。祜：福。
3 申锡：反复赏赐。申，再三。
4 斯所：此处。
5 载：陈设。酤：清酒。
6 赉：赐予。思：语气助词。成：太平的意思。
7 和羹：调制而成的羹汤。
8 戒：齐备。

^{zōng}

鬷假无言，⁹　　　　　集众祷告严肃端庄，

时靡有争。¹⁰　　　　　祭礼前后无人争嚷。

绥我眉寿，¹¹　　　　　愿神赐我长命百岁，

^{gǒu}
黄耇无疆。¹²　　　　　万寿无疆永葆福祥。

^{qí}
约軧错衡，¹³　　　　　皮革束毂横木错金，

^{qiāngqiāng}
八鸾鸧鸧。¹⁴　　　　　八个銮铃鸣声锵锵。

^{gé}
以假以享，¹⁵　　　　　来到祖庙虔诚祭祀，

^{pǔ}
我受命溥将。¹⁶　　　　承天之命又久又长。

9 鬷假：集众祷告。

10 争：喧嚷。

11 绥：赐予。眉寿：长寿。

12 黄耇：年老。

13 约：束。軧：车毂两端有皮革装饰的部分。错：错金。衡：车前横木。14 八

鸾：八个鸾铃。鸧鸧：铃声。

15 假：格，至。

16 溥：大。将：长。

自天降康， 上天降下幸福安康，

丰年穰穰。[17] 丰收之年谷物满仓。

来假来飨，[18] 各路神灵前来受享，

降福无疆。 承蒙庇佑赐福无疆。

顾予烝尝，[19] 秋冬二祭请神赏光，

汤孙之将。[20] 商汤后代虔诚奉上。

17 穰穰：丰盛的样子。
18 飨：指祖宗神灵享用祭品。
19 顾：光顾。烝尝：秋冬二祭，冬祭为烝，秋祭为尝。
20 汤孙：商汤之孙。将：祭飨，奉献。

这也是殷商后代祭祀先祖成汤的乐歌。前篇重在表现音乐，此篇重在描写食物。

诗开头四句热情赞叹伟大先祖洪福齐天，其恩泽绵延至今，后代受用无穷，点明了祭祀的缘由，为此次祭祀活动做了情感铺垫。接下来八句写主祭者献上清酒，调好肉羹，希望这甘美的食物能愉悦祖宗神灵，众人无声祷告，在一片庄严肃穆的祭祀场面中期待神灵"降福无疆"。再接下来八句写主祭者坐着华丽的马车，带领庞大的祭祀队伍浩浩荡荡来到宗庙，进一步祈求福寿安康。

本诗先静后动，张弛有度，将整个祭祀场面描写得既生动又庄重，同时用词典雅，音调和谐，读之很有颂诗的绵长平和之感。

玄鸟

天命玄鸟，¹　　　神燕受命于上苍，

降而生商，²　　　简狄生契建立商，

宅殷土芒芒。³　　　住在殷土地宽广。

古帝命武汤，⁴　　　天帝授命于成汤，

正域彼四方。⁵　　　征伐天下守四方。

方命厥后，⁶　　　昭命下达各侯王，

奄有九有。⁷　　　殷商占拥九州邦。

商之先后，⁸　　　商朝各位先君王，

1 玄鸟：燕子。玄，黑色。相传有娀氏之女、帝喾之妻简狄，吞燕卵怀孕而生商
祖先契。
2 商：指商的祖先契。
3 宅：居住。芒芒：即茫茫，宽广的样子。
4 古帝：天帝。武汤：即成汤，汤号为武也。
5 正：通"征"。域：有。
6 方：广，遍。后：君主，指各诸侯。
7 奄：尽，遍。九有：九州。
8 先后：先王。

受命不殆，⁹	不怠天命治国忙，
在武丁孙子。¹⁰	裔孙武丁贤无双。
武丁孙子，	后代武丁是贤王，
武王靡不胜。¹¹	战无不胜业辉煌。
龙旂十乘，¹²	大车十乘龙旗扬，
大^{chì}糦是承。¹³	酒食常奉呈上苍。
邦^{jī}畿千里，¹⁴	疆界千里地宽广，
维民所止。¹⁵	百姓居住好地方。

9 殆：通"怠"，懈怠。

10 武丁：殷高宗，汤的第九代孙。

11 武王：即成汤。

12 旂：画有交龙并杆头挂有铜铃的旗子。在古代，此乃诸侯之旗，举行祭祀活动的时候用这种旗。

13 糦：酒食。承：供奉。

14 邦畿：疆域，疆界。

15 止：居住。

肇域彼四海，¹⁶　　　拥有四海疆域广，

四海来假，¹⁷　　　　诸侯来朝拜商王，

来假^{gé}祁祁。¹⁸　　　车水马龙人熙攘。

景员维河，¹⁹　　　　景山周围黄河绕，

殷受命咸宜，²⁰　　　殷商受命人称道，

百禄是何。²¹　　　　上天赐福呈吉祥。

16 肇域：开始拥有。

17 来假：来到。

18 祁祁：众多的样子。

19 景：景山，商都城所在，在今河南省商丘市。员：周围。

20 咸宜：意思是说人们都认为很合适。

21 何：通"荷"，承受。

这是祭祀殷高宗武丁的乐歌。

武丁是盘庚之弟小乙之子，成汤的第九代孙，后世称为高宗。相传武丁少时生活在民间，能体味民生疾苦，即位后，重用傅说、甘盘为大臣，发展经济，南征北战，力求巩固统治，复兴旧业，是殷商后期颇有作为的一位君王，本诗就是歌颂他的辉煌功业。

诗先从商朝始祖说起，以简狄吞燕卵怀孕而生商代祖先契的神话表明商朝乃受天之命，然后追叙成汤秉承天命，征伐天下，占拥九州的辉煌功业，如此层层铺垫引出后代武丁也是天命所归，他继承遗业，复兴殷商，是光明显耀的贤君。

诗接下来写在武丁的治理下，国力强盛，粮食富足，疆域辽阔，百姓安康，商朝重现车水马龙、四方朝拜的昌盛之势。结尾再次强调殷王乃受命为王，自当福禄绵长。

本诗前后呼应，结构严谨，诗中字字流露出诗人勃发激扬的豪情，虽然诗中所写并非全为历史事实，但却深刻地反映了殷商之民复兴殷商的强烈愿望，以及对武丁中兴的无比自豪。

长 发

浚哲维商，[1]
英明睿智商朝祖先，

长发其祥。[2]
永远兴发幸福吉祥。

洪水芒芒，
远古时代洪水茫茫，

禹敷下土方。[3]
大禹治水安定四方。

外大国是疆，[4]
远方大国为其封疆，

幅陨既长。[5]
幅员广阔持续增长。

有娀方将，[6]
有娀氏女风华正茂，

帝立子生商。[7]
天帝令其生契建商。

1 浚哲：深邃的智慧，明智。浚，深。商：指商的祖先。
2 长：常，久。发：兴发。
3 敷：治理的意思。下土方：即下土四方，天下四方的意思。
4 外大国是疆：意思是夏朝将远方的诸侯国也纳入其疆土。外大国，夏统治以外的区域。大国，指夏。疆，疆土，此处用作动词。
5 幅陨：即幅员。
6 有娀：古国名，故址在今山西省永济市。殷商始祖契的生母简狄，即有娀氏之女。将：大。
7 帝：指传说中的上古帝王帝喾高辛氏，简狄的丈夫。子：指简狄。商：指契。

玄王桓拨，[8]	始祖商契威武刚强，
受小国是达，[9]	接受小国政令通达，
受大国是达。	接受大国治理得当。
率履不越，[10]	遵循礼法没有差错，
遂视既发。[11]	视察民情施政有方。
相土烈烈，[12]	相土功绩显赫辉煌，
海外有截。[13]	四海之外莫不归降。
帝命不违，	不违天命听从旨意，
至于汤齐。[14]	成汤之时上下齐一。
汤降不迟，[15]	成汤降生恰逢时宜，
圣敬日跻。[16]	智慧谨慎与日增进。

8 玄王：指契。传说契由玄鸟而生，故称玄王。桓：威武。拨：英明。

9 达：通达。

10 率履：遵循礼法。越：逾越。

11 视：视察。发：施行。

12 相土：契的孙子。烈烈：威武的样子。

13 有截：即截截，整齐的样子。

14 齐：齐一。

15 降：出生。

16 圣：高尚智慧。敬：谨慎。日跻：天天增进。跻，升。

昭假迟迟，[17]	祷告上苍长久伫立，
上帝是祗，[18]	敬奉神灵真诚专一，
帝命式于九围。[19]	执政九州承天之意。
受小球大球，[20]	汤王授玉小球大球，
为下国缀旒，[21]	以此作为诸侯榜样，
何天之休。[22]	承受上苍所赐福祥。
不竞不絿，[23]	既不竞争也不急躁，
不刚不柔，	既不太柔也不太强，
敷政优优，[24]	施政温和宽厚得当，
百禄是遒。[25]	汤王盛德福禄无疆。

17 昭假：向神祷告，表明诚心。迟迟：久久不停。
18 祗：敬，恭敬。
19 帝：天帝。式：执法，执政。九围：九州。
20 受：通"授"，授予。球：一种玉器。成汤授予诸侯国玉器作为信物。
21 下国：指商统治下的诸侯国。缀旒：表率，榜样。
22 何：通"荷"，承受。休：福。
23 絿：急躁。
24 敷政：施政。优优：宽和的样子。
25 遒：聚。

受小共大共，²⁶

为下国骏厖，²⁷

何天之龙。²⁸

敷奏其勇，²⁹

不震不动，

不戁不竦，³⁰

百禄是总。³¹

汤王授玉小珙大珙，

作为诸侯庇护恩公，

承受上苍所赐荣宠。

施展他的刚强英勇，

既不震惊也不摇动，

既不慌乱也不惊恐，

汤王威武福禄汇总。

武王载旆，³²

有虔秉钺。³³

如火烈烈，

则莫我敢曷。³⁴

武王成汤扬旗出征，

威风凛凛手握大斧。

军威如火熊熊燃烧，

进军神速有谁敢阻。

26 共：通"珙"，古代一种玉器，圆壁。

27 骏厖：庇护。一说笃厚。

28 龙：通"宠"，恩宠。

29 敷奏：施展。

30 戁、竦：都是恐惧的意思。

31 总：聚集。

32 武王：指成汤。载：始。旆：旌旗，这里用作动词，扬旗出征的意思。

33 有虔：即虔虔，形容士兵英武的样子。钺：古代作战兵器，青铜制的大斧。

34 曷：通"遏"，阻止。

苞有三蘖，[35]　　　　　　树干长有三根枝丫，

莫遂莫达。[36]　　　　　　不能任其继续长粗。

九有有截，[37]　　　　　　四海九州归于一统，

韦顾既伐，[38]　　　　　　韦国顾国已被伐诛，

昆吾夏桀。[39]　　　　　　昆吾夏桀也将铲除。

昔在中叶，[40]　　　　　　遥想昔日成汤掌朝，

有震且业。[41]　　　　　　威震天下功业辉煌。

允也天子，[42]　　　　　　上天之子实乃汤王，

降予卿士。[43]　　　　　　贤明卿士从天而降。

实维阿衡，[44]　　　　　　英明相国伊尹是也，

实左右商王。[45]　　　　　辅佐汤王治国有方。

35 苞：树之根本，树干，指夏桀。蘖：旁生的枝丫，指韦、顾、昆吾三国，都是夏桀之党。

36 遂、达：都是形容草木生长的样子。

37 九有：九州。

38 韦：夏的盟国，在今河南省滑县东南。顾：夏的盟国，在今山东省鄄城县东北。

39 昆吾：夏的盟国，在今河南省许昌市东。

40 中叶：中期，指汤时。

41 有震：即震震，威严壮盛的样子。业：大。

42 允：确实。天子：指成汤。

43 降予：上天赐予。卿士：执政大臣，总管王朝政事，这里指商汤大臣伊尹。

44 阿衡：商朝官名，伊尹曾任此职，故以指伊尹。

45 左右：辅佐之意。

这是以歌颂成汤为主祭祀商朝先王的乐歌。

诗先从商朝始祖说起，追述先王功业，再强调成汤承天之命执政九州的辉煌功绩。

追述商朝历史，当然要从有娀氏之女生子开始。第一章先写上古洪水茫茫，大禹平治天下，夏朝幅员辽阔，其实是为了引出商朝历史悠远，有娀氏之女受天命生契，而契受天命建立商，恰好呼应诗开头所说"浚哲维商，长发其祥"，商一直承天福祥。

第二章写玄王商契威武刚毅，无论大国小国皆治理得当。当然，玄王治国不仅善于用武，同时，他遵循礼法，体察民情，诗中虽未以德称之，但从诗人的叙述中可以得知玄王治国，文武并举。商契之孙相土也毫不逊色，他开拓疆土，战功赫赫，商朝逐渐发展兴盛。

从第三章开始，诗歌转而叙述成汤事迹，歌颂成汤功业。第三章写成汤的降生同样是受天之命，他明智谨慎，虔诚敬天，日夜不怠，因而受天命执政九州，成为天下典范。

第四章写成汤沐浴天恩，统摄诸侯，歌颂其施政宽和，进退有度，刚柔相济，乃诸侯表率，故而蒙天之福。

第五章写成汤勇武刚毅，庇护诸侯，战功硕硕，处事泰然，意在突出成汤神威，能保天下安宁，英武坚强，为诸侯所依靠，故而得天赐百福。

第六章叙述成汤出兵征战，讨伐夏桀，最终一统天下的历史事迹，歌颂成汤的赫赫武功与辉煌战绩。

第七章追叙商朝中期，辉煌鼎盛，成汤为君，威震四方，再一次强调成汤"允也天子"。自古有明君必有贤相，上天授予成汤辉煌的使命，当然也会赐给他贤能的卿相，宰相伊尹就是成汤的左膀右臂，辅佐其建功立业。

本诗语言精练，内容集中，叙述生动，主次分明，句式整齐，结构严谨，实乃精工细琢之作。

殷 武

^{tà}
挞彼殷武，¹　　　　殷王武丁英明神武，

奋伐荆楚。²　　　　兴师讨伐南国荆楚。

罙入其阻，³　　　　深入楚国险要之处，

^{póu}
裒荆之旅。⁴　　　　众多士兵皆为俘虏。

有截其所，⁵　　　　整治楚国全部疆土，

汤孙之绪。⁶　　　　成汤子孙功劳显著。

维女荆楚，⁷　　　　荆楚实乃偏僻之邦，

居国南乡。⁸　　　　长期居住我国南方。

1 挞：英武的样子。殷武：殷高宗武丁。
2 荆楚：即楚国。荆为楚之旧称。
3 罙："深"的古字。阻：险要的地方。
4 裒：俘虏。旅：士兵。
5 截：治理。其所：指荆楚。
6 汤孙：指成汤后代子孙武丁。绪：功业。
7 女：通"汝"。
8 国：指商朝。南乡：南方。

昔有成汤，　　　　　遥想昔日商王成汤，

自彼氐羌，[9]　　　　强悍有如西北氐羌，

莫敢不来享，[10]　　　谁敢不来上前进享，

莫敢不来王，[11]　　　谁敢不来朝见我王，

曰商是常。[12]　　　　九州天下殷商执掌。

天命多辟，[13]　　　　上天命令各路侯王，

设都于禹之绩。[14]　　建都大禹治水之方。

岁事来辟，[15]　　　　诸侯应当按时来朝，

勿予祸適。[16]　　　　如此就能免受责罚，

稼穑匪解。[17]　　　　农业事务不可轻忘。

9 氐羌：我国古代少数民族氐族与羌族的并称，居住在今西北一带。

10 享：进贡。

11 王：朝拜。

12 常：长。

13 多辟：众诸侯。

14 禹之绩：大禹治水之地。绩，通"迹"。

15 岁事：指诸侯每年朝见天子之事。来辟：来朝。

16 祸：通"过"，过错。適：通"谪"，谴责。

17 稼穑：农事的总称。春耕为稼，秋收为穑，即播种与收获，泛指农业劳动。

解：通"懈"，懈怠。

天命降监，¹⁸	上天指令殷王治国，
下民有严。¹⁹	天下百姓恭敬端庄。
不僭不滥，²⁰	既不越礼也不放荡，
不敢怠遑。²¹	既不懈怠也不闲晃。
命于下国，²²	上天降旨下方殷商，
封建厥福。²³	努力建设大吉大祥。
商邑翼翼，²⁴	商朝都邑繁荣整饬，
四方之极。²⁵	天下四方美好榜样。
赫赫厥声，²⁶	武丁有着赫赫声望，
濯濯厥灵。²⁷	他的神灵光明辉煌。
寿考且宁，	愿神赐福长寿安康，

18 监：掌管，主管。
19 有严：即严严，庄严的样子。
20 僭：越礼。
21 怠：懈怠。遑：闲暇。
22 下国：指商朝。
23 封：大。建：立。
24 翼翼：整齐繁荣的样子。
25 极：表率。
26 声：名声。
27 濯濯：光明的样子。灵：神灵。

以保我后生。²⁸　　　　保佑后代繁荣兴旺。

陟彼景山，²⁹　　　　登上景山放目远望，

松柏丸丸。³⁰　　　　松树柏树高大粗壮。

是断是迁，³¹　　　　将其砍断搬回城中，

方斫是虔。³²　　　　又砍又削雕琢得当。
zhuó

松桷有梴，³³　　　　松树椽子高大修长，
jué　chān

旅楹有闲，³⁴　　　　楹柱成排圆溜粗壮，

寝成孔安！³⁵　　　　寝庙建成神灵安享。

28 后生：后代子孙。

29 陟：登。景山：山名，在今河南省商丘市。

30 丸丸：高大挺直的样子。

31 断：砍断。迁：搬迁。

32 方：是。斫：用刀、斧等砍。虔：削。

33 桷：方形的椽子。有梴：即梴梴，树木修长的样子。

34 旅楹：众多的楹柱。有闲：即闲闲，粗大的样子。

35 寝：寝庙。

这是歌颂殷高宗武丁中兴业绩的乐歌。

关于殷高宗武丁，《史记·殷本纪》记载曰："帝武丁即位，思复兴殷。"本诗《殷武》，就是写武丁为了复兴商朝，实现统一大业，英勇伐楚，臣服四方，发展农业，励精图治的一系列事迹。从最后一章来看，本诗是通过高宗武丁的寝庙落成仪式来歌颂其赫赫战功。纵观全诗，再现了一幅武丁兴兵伐楚的历史画卷。

第一章写武丁英武神勇，兴师讨伐，深入敌方，横扫荆楚，最后王师大捷，楚兵被俘，楚国也因此得以整治，此章重在宣扬武丁伐楚的武功。

第二章写在武丁的统治之下，商朝恢复了"莫敢不来享，莫敢不来王"的辉煌局面，商朝国力渐盛，版图也逐步扩大，中兴之势令人大涨志气，此章重在告诫楚人"曰商是常"。

第三章先追叙分封诸侯的历史传统，然后引出武丁命令所属诸侯国发展农业以解决百姓衣食之忧的英明决策。相传武丁少时生活在民间，能体味民生疾苦，即位后非常注重发展生产，此章重在反映武丁勤治农事。

第四章写武丁受上天之命治理天下，万民之行尽在殷王眼中，故而天下百姓应当恭敬端庄，处事谨慎，恪守礼法，勤奋努力，此章重在强调在武丁的治理下天下有序，四方信服。

第五章夸饰商朝国都繁荣昌盛，乃天下榜样，言语间洋溢着浓浓的自豪感，此章重在侧面反映武丁治理有方，商朝重铸辉煌。

第六章写工匠精选木料，雕琢加工，修建高宗寝庙的情景，重在突出高宗威仪，万民敬仰，辉煌业绩，永世不忘！武丁紧随成汤步伐，励精图治，开疆拓土，遂"天下成，殷道复兴"（《史记·殷本纪》），其辉煌功绩载入史册，乃成汤之后的一代中兴之主。

作为《商颂》以及《诗经》的最后一篇，本诗具有高超的艺术技巧，全诗六章，紧密相连，环环相扣，而每章又各有侧重，叙述生动，节奏感强，颇具情感张力。